怨念を霊場・熊野に捨てて

那須正治
NASU Masaharu

文芸社

目次

怨念を霊場・熊野に捨てて

一　熊野の霊峰

　高原熊野神社から、熊野本宮大社の方角を眺めると、熊野の山々が霧に浮き上がったように連綿と続いている。奥深い谷間から、湧き出るように発生している霧が山腹を這い昇って、山頂を浮き上がらせているのだ。
　その風景を、大嶺岳夫は飽きもせず眺めている。じっと見つめていると、自分の身の回りが、もやもやとくすんでいるのと相まって、体が霧にとらわれて、立ち昇るような錯覚におちいった。宙に浮いたような、実に不思議な気分になってきた。

　紀伊半島は熊野灘と紀伊水道に挟まれ、本州から太平洋に突き出たように伸びている。この地は、太平洋上の湿った空気が紀伊山地に遮られるためだろうか。降雨量の多いのと、温暖な気候と相まって、連なる峰々は鬱蒼と茂っている。深山には古くから自然崇拝やアニミズムが芽生え、熊野の霊峰としてあがめられていた。奈良・平安時代から、宮廷関係者から庶民に至るまで、多くの人々の信仰の対象となり、世俗の営みで疲れた心や、病や怪我などの障害を癒し、蘇らせるために、熊野の八百万の神々に救いを求めるとともに、仏が設けた極楽浄土を求めて参詣していた。

岳夫は銀行支店の融資課長として、日々充実した職場環境にあり、また家庭的にも、妻亮子(りょうこ)との間には娘の里佳(りか)も生まれ、なんら不満があるわけではない。しかし、祖父大嶺(おおね)岳之進(たけのしん)をはじめ、父浩太郎や母貴子(たかこ)の言動を見るとき、腑に落ちないものを感じている。家族としての親近感や一体感が薄いのだ。

岳夫はおじいちゃん子で、小学生のときは祖父の家で育てられ、中学生からは全寮制の私立中学校に入れられた。それは岳之進の方針だったが、岳夫にしてみれば、仲間の子供たちと異なった生活に、なんとなく違和感を覚えた。

高校や大学も寮生活で、父や母と一緒に暮らしたのは、ごく幼い頃だけだった。

祖父岳之進は、既に大嶺興産株式会社の社長を婿養子の浩太郎に譲って、会長職に退いているが、未だに創業者として、関連企業を統率している。

岳夫はなんとなく感じる違和感の原因は、なんだろうと、先程から思い巡(めぐ)らせていたが、それにも疲れ、ただ呆然と霧の動きを見ているにすぎなかった。

霧にとけ込み、忘我の境地でどのくらいいただろうか。視線はぼんやり谷向こうの山腹を見るともなく、ただ景色を見流している。だが、その視線が、遥か彼方の民家に達したとき、岳夫は急に立ち上がった。それは、同行しているトレッキングクラブの連中が、谷を越えた「とがのき茶屋」に着く頃だと気づいたからだ。急に我に返り、十一人乗りの大型ワゴン車に向かった。

熊野信仰は女人結界（禁制）、貴賤差別、貧富差別、職業差別、障害の有無など一切問わず、全ての人々に門戸が開かれていた（大峯奥駈道の「山上ヶ岳」のみ女人禁制）。参詣者の多くは、中辺路ルートを利用したためその様は「蟻の熊野詣」といわれたほどだ。このように全方位に開かれているのは、全国的にも珍しい、といわれている。

宇宙開発やハイテクノロジーの時代を迎えた現代とはいえ、現在でも多くの人々が参詣するのは、熊野の森には人々の心を癒す何かがあるからに違いない。岳夫はその何かとはなんだろう、と推しはかったこともあったが、未だに分からないままだ。

今日は、銀行支店のトレッキングクラブの例会で、会員たちが熊野古道を散策している最中だ。今回の例会は、岳夫と、マドンナとあだ名されている女子行員が当番幹事となっており、レンタカーの大型ワゴン車を交互に運転している。古道の入山地点で会員を降ろし、中継点まで車を回送しなければならなかったからだ。

岳夫が、滝尻王子から高原熊野神社までをメンバーとともに歩きながら、世界遺産「紀伊山地の霊場と参詣道」の解説を担当し、その間はマドンナがワゴン車を回送してきた。この高原熊野神社から、「継ぎ桜王子」までの回送を、岳夫が担当することになっていたのだ。慌てて、ワゴン車を走らせ、継ぎ桜王子近くの駐車場に飛び込んだ。小走りで、昼食会場の「とがのき茶屋」に向かった。進む方向には杉の老木が立ち並び、鬱蒼とした雰囲気が醸し出されている。その中の特に大きな木は、多分数百年は経ているであろう、幹は既に朽ちて祠となっており、枝はどうしたことか、片方にのみ突き出したように延びている。

　太陽は高く上がっているはずなのに、その一方に延びた枝の間から、落ち葉に届く木漏れ日の影が薄くなっている。多分霧のせいだろう。この老木を地元では「野中の一方杉」と呼んでいる。枝は熊野那智大社の方角に伸び、杉の木そのものが熊野の御霊に礼拝をしている、と信じられている。この不思議な巨木の正面には「天然記念物」の看板が立てられていた。

　その並木と「一方杉」に挟まれたように、檜皮葺きのひなびた茶店がある。これが「とがのき茶屋」である。既に一行が到着しているのだろう、その茶店の方から、マドンナのソプラノが響いてきた。

「遥か彼方の京の都から、きらびやかなお公家さんの行列、蟻の熊野詣で～」

　その声に合わせて、テノールが覆い被さるように続いた。

「人々の悩みを救う霊場。山岳信仰のメッカ・熊野～。霊場熊野～」

　二人の声は、山の静寂にそぐわないような、オペラ的発声である。しかし、テノールの

余韻が切れたとたんに、急に地声が入り、

「我がトレッキングクラブも、ただ歩くだけではなく精神文化を探索するって、レベルが高くなってきたな。さすがは新進気鋭の大嶺課長さんならではの企画」

と、続いた。その声は地声であるにもかかわらず、霧の間から抜け出てきたかのように、結構大きく響いている。ソプラノの地声が妙になまめかしい声音で語り掛けている。

「でもさ、この企画には、とても良い裏話があるのよ。教えてほしい？　皆様方」

「マドンナよ、またまた例の癖が出て……。気取らずにすんなりとネタを明かしちゃいなって。とかく、もったいぶるんだから」

「いいこと、じゃ耳を澄ましてよーく聞きなさいね。ここは世紀のラブロマンスが生まれた所なの」

岳夫は、このソプラノが苦手である。彼女の語り口は、とかくきざなのだ。だが、こと山行きに関しては五年以上の経験があり、スケジュールの組み立ては見事で、ほとんどクレームのつけようがなかった。だから、今回の熊野古道巡り（めぐ）に当たっても、サブリーダー的役割をこなし、また岳夫のパートナーとして、ワゴン車の回送を担当しているのだった。また大学では、日本史を専攻していただけのことがあって、民俗学や伝説にも長じており、会員の勉強会では岳夫と共に講師役を務めていた。

囲炉裏（いろり）のきられた座敷には、男女十人ばかりが坐っており、天井から延びている自在鉤には大鍋が吊るされ、茶粥が湯気を立てている。また周辺の灰には、アマゴやエビ、タマネギや芋などが串に刺されて三十本余り立てられていた。大きな皿には「めはり寿司（特大の高菜寿司）」が山に積まれている。何人かは、めはり寿司を名前のごとく、口だけでなく、目も大きく見開いてかぶりついている。

　天井は檜皮葺きの裏側がそのまま見え、長年囲炉裏で焚（た）かれる薪によって、煤（すす）で燻（いぶ）され真っ黒になっており、柱の一部には材木の脂（やに）で固められた煤が、山姥（やまんば）の乳房のように垂れ下がっていた。

「ここ熊野古道は、亮子先輩が大嶺課長さんに口説かれた所なのよ。ジャジャジャジャーン……」

と、マドンナが舞台の所作よろしく大見得を切っている。そして大仰（おおぎょう）に向きを変え、

「課長さん、山の神さんが仲立ちしてくれたって、それ、本当？」

と聞いた。大嶺課長は慌（あわ）てて、串に刺されたアマゴを引き寄せ、

「この魚の香ばしい匂い。それにこの茶粥の味、都会にはないね」

と、話題をそらした。が、マドンナは岳夫に顔を近づけ、「白状しなさいって」と詰め寄っている。マドンナの隣に坐っていた若い女性が、岳夫の横顔をうっとりと眺めながら、

「私も課長さんみたいな人に口説かれてみたい」と、独り言を言い始めるのに、岳夫は大

いに照れて、アマゴを灰に落としてしまった。

マドンナが隣の若い女性にささやくように、

「我が銀行始まって以来の二十歳代の課長。それに比べ、残っている男性諸氏ではなあ」

二人は小さな声で言いつつ、囲炉裏の側に坐っている男性たちを見回した。

そのとき、茶店の店員神林妙子(かんばやしたえこ)が山菜を盛りつけた皿を持って、

「まあ賑やかなこと」

と、座の中に入ってきた。マドンナは、

「だって、由緒ある熊野古道に咲く大ロマンスを聞かせていただくのだもの。ネ、大嶺課長さま」

と続け、岳夫の方へ視線を送ったが、さすがに岳夫は、むっとした表情で口には出さないものの、いい加減にしてくれよと、疫病神(やくびょうがみ)を追い払うように手を振った。

囲炉裏部屋の裏側には、土間の調理場があり、漬物を刻んでいた仙崎梅乃が手を止めて、のれん越しに囲炉裏端を覗いている。先程から再三聞こえてくる〝オオネ〟という言葉が気になったからだ。

「まさか、あの大嶺興産のゆかりの人？」

梅乃は、じっと岳夫の表情を注視していた。

「そういえば、どことなくあの人に似ているし……」

小首をかしげ、岳夫に見入っている。

囲炉裏端では、マドンナが目をきらつかせて、

「ね、ね。この近くに牛馬童子(ぎゅうばどうじ)像ってのがあるのよ。その側で亮子ちゃんが、課長さんにくどかれたんだって。こんなかわいい赤ちゃんが欲しいって。私、ちゃんと彼女に吐かせているのよ」

「ほ、ほんと」

と、座が急にざわめいてきた。

「いい加減にしてくれよ！　せっかく楽しみの古道歩きなのに」

岳夫はとうとう声を荒らげてしまった。とたんに、全体が水を打ったように静まりかえった。

妙子が場を取りなすように、小皿に山菜を取り分けていた手を止め、

「この熊野古道は厳粛な霊場への参詣道ですが、古くから、いろんなロマンスが芽生えた所なのですよ」

と、照手姫(てるてひめ)物語や、安珍清姫(あんちんきよひめ)物語を話しだした。まったくの粗筋(あらすじ)だけだが、男たちは顔を見合わせている。修行僧の安珍に思いを寄せる清姫が、自分を捨てて遠ざかる安珍を見つけ、蛇身に姿を変え、御坊の道成寺まで追って、鐘に隠れた安珍を炎で焼き殺したシー

ンの妙子の話が済むと、

「女は怖いんだよな、一旦思いつめると、男を丸焼きにするまで、執念深いんだから。おお、怖わ」

と、テノールが肩をすくめている。


「一方杉」の根元に小さな鳥居があり、古道へと続いている。年代を感じさせる参道に沿って桜並木があり、継ぎ桜王子との看板が立てられていた。その桜並木は既に花は散り葉桜となっているが、これは秀衡（ひでひら）桜と呼ばれており、奥州平泉の豪族で藤原氏三代・藤原秀衡とのゆかりが説明板に詳しく書かれている。秀衡は世継ぎが欲しく、熊野の神様におねだりすると、早速妻が懐妊し、この地で出産したという。

昼食が済むと一行は「継ぎ桜王子」まで歩き、熊野古道散策の例会は無事に終わった。

二　殖産事業と現場事務所

仙崎梅乃が高等学校を卒業し、近所の民宿を手伝っていたときだった。大嶺興産株式会社の社長大嶺岳之進が、幹部を引き連れて乗り込んできた。殖産事業として森林経営に乗り出したのだ。

岳之進は、地元の有力者を民宿に集めて宴席を持ち、協力を要請した。地元で山林労務者を大勢雇用したい、と申し出たのだ。地元にとってもない話であり、職を求めていた者たちにとっては救いの神だった。早速、五十人ばかりが採用された。その現場事務所兼監督の宿泊所に、この民宿を利用したのだ。現場事務所といっても、現場監督の部屋に電話を一本仮設しただけのことであったが、民宿の玄関には「大嶺興産株式会社近露（ちかつゆ）現場事務所」と木製の看板が掛けられた。

開所式の当日、社長岳之進は、

「小生は復員後、営林署職員として、しばらく汗を流した経験がある。伐採や植林をはじめ、下草刈りなどの管理業務にせよ、基本は体力の保持にある。疲れがあると、足場を踏み外したり、機械器具の取り扱いが散漫になり、事故になりやすい。どうか健康管理に留意のうえ、事故のないようにしていただきたい」

と、訓辞をした。そして、現場監督として小林浩太郎を紹介した。紹介された浩太郎を見た山林労務者たちは「ほうっ」と小さな声を上げげた。あまりにも若い現場監督だったからだ。その頃の浩太郎は、まだ二十四、五歳だっただろう。

浩太郎の仕事ぶりは、若さで仕事をしている感じだった。自分自身、現場の先頭に立ち、従業員を引っ張った。監督自身が先頭に立って働くから、労務者たちもさぼるわけにはいかず、陰では少々人使いが荒過ぎる、と愚痴（ぐち）る者さえ出るほどだった。

そのためか、仕事の能率も上がり、毎月、労務者に賃金を支払いに来る本社の幹部からは信頼されているようだった。幹部が帰るときには、女将に「食い物と、酒だけには不自由させないように。精算は会社が責任持つから」と言い、女将や梅乃にまで心付けを置いてくれた。

浩太郎は日が暮れた頃、疲れた足取りで帰ってくると、作業着のまま「出役五十三名。事故なし」と必ず本社へ電話を入れていた。女将は浩太郎の足音を聞くと、料理をしながらではあったが、判で押したように毎晩「監督さん、お風呂先にする、それともご飯が先？」と、聞いた。

ほとんどの日は、浩太郎は風呂が先だった。しかし日によっては、部屋から下りてこなく、女将は気にして、梅乃に茶を運びがてら様子を見にいかせた。こんな場合、大抵は電話機の側で作業着のまま、俯せになって寝ころんでいた。たまには、いぎたなく涎を垂らしていることすらあった。地元には専任の山番がいるとはいえ、監督自身が若く、自分より年上の多くの山林労務者を使いこなすのに、神経がすり減ってしまうのだろう。梅乃は、涎を流して寝込んでいる彼を見るとき、胸が締め付けられる思いがして、そっと拭き取ってやった。

女将は風呂から上がるのを見計らって、夕食の用意をするのだが、浩太郎が川魚が好きなので、その季節ごとにヤマメ、川エビ、鮎やウナギなどの焼き魚をつけていた。調理場の隣の十畳ばかりの部屋が宿泊客の食堂で、配膳するまでが梅乃の担当である。梅乃はこの配膳が楽しかった。

なぜなら、女将が浩太郎の好みに合わせて、メニューを替えており、自然に浩太郎の好き嫌いが分かるからだ。梅乃は浩太郎の食事の世話や話がしたかった。でも、配膳が終わると昼の部の勤務が終わり、すぐさま帰らされた。宿泊客の給仕とか布団敷きなどの接客は、夜の部のトメばあさんとキクばあさんが担当していたからだ。

三　家庭内離婚

和歌山市は徳川御三家の一つ、紀州侯の城下町で、和歌山城が市のシンボルとなっている。大阪に隣接し、人口は四十万人を超えているだろう。

そのお城近くに、都会にしては珍しい清閑な住宅地がある。その住宅地に大嶺岳之進の邸宅があり、屋敷の外壁は「緑泥片岩（りょくでいへんがん）」に囲まれ、邸内には、手入れの行き届いた木が植え込まれていた。

門前の車寄せに、黒い高級車が静かに横付けされた。軽くホーンが鳴らされ、運転手が小走りに後部座席のドアーを開けた。降りてきたのは派手な服装に身を包み、ダイヤがちりばめられたブレスレットをした大嶺貴子である。

貴子は運転手に軽く会釈をし、門構えの中に入り、打ち水のされた青い石畳の上を白い足をひらつかせて消えていった。内玄関では、ホーンを聞いて飛び出してきたのだろう、エプロンで手を拭きながら、家政婦の若田安江が迎えていた。

「はい、ただいま。旦那さんは？」

安江は、貴子の脱いだ靴を下駄箱にしまいながら、

「遅くなるから、先にお食事を、とのお言葉でした」

と、返事を兼ねて報告した。

「そう、大旦那さんはライオンズクラブだったかしら」

「いえいえ、ロータリークラブの例会は明日です。ただいまは、ハム仲間と交信中です」

聞いた貴子はちょっと意外な表情をしたが、急に皮肉っぽく口にした。

「元通信兵との昔話ばかり……。復員兵同士の井戸端会議か」

廊下を悠然と歩きながら、

「でも、あれがあるから気が紛れて、世話が楽ってこともあるか」

と、含み笑いをしている。

母屋と渡り廊下で結ぶ別棟に、岳之進の書斎と居間兼寝室がある。開けられた障子越しに、岩造りの泉水が見えている。居間と書斎の間のふすまが開けられ、書斎の片隅に岳之進が壁に向かって坐っている。そこには愛用の無線機が置かれ、その前で岳之進がマイク

ロホンを片手に交信している。

「了解。渡辺上等兵の葬儀には、小生が弔辞を読ませていただくことになった。貴殿は体調が優れないとのこと、参列はどうされるか。こちらＪＱ３ＷＬＩ。どうぞ」

「小生も参列する。ＪＥ３ＱＬＴ」

「この機会に、通信兵仲間の消息を確認しあいたし。葬儀終了後、駅前の喫茶店〝思い出〟に集合のこと。参列者に連絡願いたし。こちらＪＱ３ＷＬＩ」

「了解。小隊長殿。ＪＥ３ＱＬＴ」

貴子は中庭の植え込み越しに、岳之進が夢中になって通信している姿を、皮肉っぽく笑いながら眺めている。


貴子が大きな一枚板の食膳の上に、安江が運んでくる料理を並べている。そこへ和服姿がよく似合った岳之進が入ってきた。貴子は皮肉な笑いを浮かべながら、軍隊口調で応じている。

「通信少尉殿、部下からの情報収集終わられたでありますか」

「へへへ、通信兵の消息確認終了、ってところ」

岳之進は照れながら貴子を見やり、独り言のように呟いた。

「お前と夕食を一緒にするのは、久方ぶりやなあ」

「営業は、どうしても夜が忙しくってね」

貴子はうろたえて、弁解しながら料理を並べ続けた。

実のところ、貴子は安江には毎晩夕食をこしらえさせているのに、週に一度も食べていなかった。確かに、貴子は大嶺興産株式会社の観光部門担当の副社長であり、外交が仕事であるから、夜が遅くなりがちではあるが、それにしても、ほとんど毎晩外食というのは異常である。

夫・浩太郎が新規事業の展開で忙殺され、帰宅が夜遅くなりがちなため、三人がゆっくり夕食を共にすることは、なかなか難しいことは分かる。それにしても、貴子の連日連夜の外食は、誰が見ても正常ではない。

それには理由があった。貴子自身、父岳之進と二人での食事に気が進まなかったのだ。岳之進は晩酌の杯が進むにつれ、人生訓を延々と話し始めるからだ。会長職に身を引いたとはいえ、今もって大嶺財閥の総帥（そうすい）として、要所要所の陣頭指揮をしているから、確かに話の内容は聞くに値するものであった。が、話の行き着くところは、弟空岳（くうがく）と貴子の荒れた生活に対する説教になってしまうからだ。

実のところ、食堂に掛けられている家族の行動予定表には、岳之進はロータリークラブの懇親会と書かれていたから、顔を合わせずに済むと思って帰宅したつもりだった。その懇親会が、明日に変更されていたことを気づかなかったのだ。それでやむなく、岳之進の晩酌に付き合う羽目となってしまったのが実情である。

岳之進はおもむろに坐って、貴子をまじまじと見つめている。

「お前との夕食は、もう一カ月くらいはしてなかろうな」

貴子は返事をしないまま、岳之進に向かって銚子を突き出し、岳之進は杯を取って無言で受けた。貴子は自分のコップにビールを注いでいる。

岳之進は杯を干し、

「うん、美味い……。でもなあ、貴子。仕事も大事だけれど、たまには浩太郎君の世話をしてあげたらどうや。彼はこのところ、お前と夕食を食ってないからなあ」

と言い、貴子の顔を覗いた。貴子はうんざりした口調で言い放った。

「あの人は、お父さんの秘書。私には無関係！」

そのヒステリックな声を聞いた岳之進は、眉をひそめてため息をついた。

「妻がいるけれど、女房のいないやもめのような亭主か……」

憮然とした表情で、訳の分からないことを呟いて、手酌で黙々と杯をあおった。

貴子もビールを独り注いで飲んでいたが、急に思い出したように言った。

「この間亡くなった、なんとか言う、大手薬品会社の会長、えーと。まあ名前はどうでもよいか。その会長が亡くなったあと、お葬式に血筋の者だと名乗る人が続々お悔やみに行ったんだってねえ。その人って、いやらしいったらありゃしないわ。何人も女をこしらえて……。ねえ、お父さんも、ご同様？」

「な、何を、急に！」

岳之進は、こぼしそうになった杯を唇で受けて、咳き込んだ。それを見た貴子は、さげすんだ目つきになり、言葉を続けた。

「やっぱり、お父さんも！」

「おい、おい、待てよ。急にとんでもないことを言い出したから、酒にむせただけだよ。俺は女をつくる甲斐性も、暇もなかったよ。まったく、しょうもないことを言い出して……」

「そういや、復員して、裸一貫でここまで財産をつくったからには、暇はなかったでしょうね。うん、それは理解できる」

「当たり前だよ。くだらない」

「よーっく分かりました。失礼をば申し上げました。プライバシーに立ち入りまして……。これで、相続人は空岳と私だけってことが確認できたわ。ありがとうございます。お父様」

「お、お前は、そんなことを考えていたってか。まったく！」

岳之進は、心底憂鬱な顔になり、酒をやめた。そして、ふらふらと立ち上がり、食堂から出ていった。

庭木の小鳥たちが、朝そのものを揺り起こすかのように、盛んにさえずり始めた。岳之進は書斎で新聞に目を通していたが、泉水で鯉がはねる水音を聞き、立ち上がって泉水の側に行った。

「おはよう。お前たちも目を覚ましたか。で……早速、餌の催促か」

縁側の棚に置いている餌箱に手を伸ばした。そのとき、

「会長、おはようございます」

背広姿で鞄を小脇に抱えた浩太郎が入ってきた。

「ああ、おはよう。毎晩、遅うまでご苦労やなあ」

浩太郎が縁側に腰を掛け、岳之進の姿をまばゆげに見ている。

「おかげさんで、今度の新しいプレカット工場も、おおむねできあがりましてねえ」

「それは良かった」

「地元でも、腐らしていた間伐材が商品になるって、歓迎してくれてるんです」

「いや、ほんとに良いところに気づいてくれた。間伐材を板にし、貼り合わせて、大きな合板にするってのは、知識としては分かっているのに、案外事業化することには気づかなかったからなあ」

「で、操業し始めても、材料には事欠かない見通しなんです」

「そりゃ、そうだろう。——あれは全部で三億円くらいだったかなあ」

「用地費込みで、大体そんなものでしょう」

「それで、用地費はいくらだった？」

「約一億五千万円でした」

「坪単価は？」

「約三万円です」

「あんな山奥にしては、ちょっと値が張っているなあ。誰の口利きだった？」

「専務の知り合いだとか」

「やっぱり、空岳（くうがく）か」

岳之進は一人頷いている。

「何か……」

「いや、何も。山林家の経営も助けてやりゃないかんが、うちの会社の林業部門、なんとかして、あれで活路を見いださないとなあ。現地の作業員の仕事もつくってやらないと、生活できへんしな……」

「そうなんですよ。山の人の生活も守らないと、ね。——じゃ、行ってきます」

浩太郎は鞄を持ちなおし、出掛けようとした。岳之進は浩太郎の後ろ姿に声を掛けた。

「浩太郎君、たまには、貴子と飯を食うてやってくれないか。お前たち、最近全然顔を合わせていないようだなあ」

浩太郎は照れたように、「はあ」との生返事だけを残して出ていった。岳之進は憮然とした表情で餌をまき続けた。


七階建てのビルの玄関に五枚のプレートがはめ込まれ、朝日に輝いている。系列の会社のほとんどが、このビルに入っているが、大嶺観光株式会社だけは顧客の利便に配慮して、駅前のターミナルビルに入っている。これら系列会社の統括をしているのが、大嶺興産株式会社である。

浩太郎は、出張以外のときは、できるだけ早く出社した。自社の決裁や、系列会社の報告を聞き取る前に、自分の行動記録を整理し、自分自身の行動や判断の自己評価をするのが常だった。

今朝も、岳之進の元を下がってからすぐ出社し、玄関口で守衛の出迎えを受け、エレベーターホールに向かった。まだ、ほとんどの社員が出社してきていないから、ホールは閑散としていた。三階全てのフロアーを大嶺興産株式会社が使っており、浩太郎は廊下奥の役員エリアに向かった。既に総務課の職員は出勤してきており、守衛が連絡していたのだろう、女子職員が迎えていた。

社長室には出窓風の飾り棚があり、蘭の鉢が置かれている。浩太郎は部屋に入ると、この鉢に毎朝水遣りを忘れない。今朝も、早速小さな霧吹きを取りだしてきた。この蘭は、前社長の岳之進から引き継いだもので、もう十年余り元気に育っている。この作業は自己評価をする前に、気分を落ち着かせるのに、大きな効果があった。

岳之進は昨年、七十五歳になったのを契機に、社長を婿養子の浩太郎に引き継ぎ、自分は会長に退いた。しかし、まだまだオーナー会長としての睨みは十分に利いている。

それというのも、岳之進は、時代の動きを察知する鋭い感覚と、それを分析し経営に生かす手腕はなんら衰えてなく、浩太郎自身、未だに教えを請うているからだ。また、岳之進のその才覚は、同業他社には一目置かれるとともに、恐れられもしていた。既に数え切れないほどの企業が彼に潰されたり、吸収合併させられているからだ。

ノックとともに入ってきた女子職員が、

「社長さん、おはようございます。お茶、こちらに置きましょうか、それともそちらにお持ちしましょうか」

と、伺いを立てた。浩太郎は「ああ、おはよう」と言いながら手を差し出していた。

「どうや、副社長はこの頃、出勤が遅いようやが……」

「ええ、十一時頃おいでになり、すぐに向こうの会社に行かれます」

「うん、そうか。あちらには岩田君を専務として送り込んでいるのになあ。そんなに忙しいと思わないが……」

と、ぼやいたが、側にまだ女子職員が立っているのに気づき、「いやいや、君は下がってよろしい」と言い、蘭の手入れを始めた。

駅前のビルに、大嶺観光株式会社のプレートがはめ込まれ、道路に面した総合案内所の正面のカウンターには、十人余りの職員が顧客と打ち合わせをしていた。各カウンターには端末が置かれ、お客の希望が決まれば、直ちに行程表を打ち出し、ホテルなどの予約を行うとともに、所要経費の明細書が打ち出されるようになっている。

大嶺貴子は一番奥のドアーから、事務所に入った。この事務部門では、系列ホテルの運用、管理を統括するとともに、観光部門の中枢機能を果たしていた。事務所の奥まった所に団体相談室や応接室があり、その奥に役員室があった。ここでは本社の役員のように、それぞれの役員が個別に部屋を有するのではなく、社長、副社長、専務が相部屋であった。

役員室はこぢんまりとした部屋で、しかも机が三つではなく、ただ一つしか置かれていなかった。これには訳があった。浩太郎が岳之進から社長を引き継ぐとき、系列会社の大嶺観光株式会社の社長職を貴子の専任として引き継ぐことになっていた。だが、貴子が大嶺観光の社長となる条件は、本社の副社長を退任することであった。貴子は本社からはじき出されるのを懸念し、父である岳之進に、引き続き本社の副社長に留まれるよう陳情した。

その結果、貴子は本社観光部門の専任担当副社長となり、彼女の強い要望で、観光会社の専務に岩田富美男を起用したのだ。だから常駐役員として岩田専務の机のみあれば良かった、という次第である。

役員室のソファーに貴子が坐り、岩田専務に向かって、

「じゃ、先に行って、待っているからね」

と、意味ありげに微笑んだ。岩田は、

「ねえ、副社長さん、職員の手前もあるんで、あまりこっちに来ないでくださいな」

「でもさ、あっちで社長の顔を見るのが鬱陶しいでしょう。分かるでしょう、この気持ち。ねえ、富美男さん」

貴子は立ち上がり、軽く睨みながら岩田に近づいた。

「まあ、あなたはこちらの社長でもございますが……」

慇懃に返事する岩田の頭を両手に挟んで、貴子は唇を奪った。

「じゃ、すぐに来てね」

貴子は意味ありげな言葉を残して出ていった。

銀行のロビーは結構混雑していた。支払いのゴト日（五日・十日）に当たっているからだろう。しかし融資窓口は空いており、三カ所の相談コーナーは、一カ所のみ使われていた。ガラス越しに見えるテーブルには、大嶺課長自ら中年の婦人と対面しているところで、

岳夫はどうしたことか、盛んに頭を下げている。

「ほんとに、お気にかけていただき、ありがとうございます。申し訳ございません」

「たとえ噂だけだったとしても、由緒あるお家でしょう。そこに不倫の話だなんてねえ……。あなたから、お母様に注意して差し上げたらいかが」

岳夫は身体をちぢめ、ガラス越しに職員たちをちらっと見ながら、書類を手早く書き込んでいる。

この融資は、ある大手建設業の社長が、愛人に営業させているブティックの、つなぎ資金という名目の借り入れだった。が、実際はこの店は閉店状態で、不動産などの担保力があるとはいえ、事業に使われるものではなかった。そのうえ、保証人がパトロンの建設会社社長ではなく別人だったから、保留扱いとしていた案件である。担当職員が面接していたものの、ブティックの所得税申告書控や、売り上げ記録を示すよう指示したところ、女性客が急に興奮し、大嶺課長を呼べ、大嶺を呼べとわめきだした。やむなく、大嶺課長が直接、査定することになった。

岳夫は、借り入れ申込金額二千万円と記入されている査定用紙を机に置いて、しばらく聞き取りをしていたが、途中から急に頭を下げだした。夫人が、母親の不倫問題を言い出したのだ。職員たちに知られたくないから、やむなくメモ用紙に、五百万円でよいですかと、記入して、夫人の顔色を窺った。夫人は首を縦に振った。岳夫は素早く、証書貸付契

約書の金額欄へ五百万円と記入しながら、

「じゃ、これで保証人さんに確認の照会と、不動産への抵当権設定をさせていただきますが、よろしゅうございますか」

と、念を押した。婦人は一瞬ひるんだが「ちょっと少ないけれど、まあ、しゃあないか、あの人が、お金急ぐんだもの」と独り言を言いながら、何枚かの書類へ捺印した。

「融資の方は、できるだけ早くさせていただきますので……」

と言う岳夫に、鷹揚に頷きながら、皮肉な笑いをあびせ、「じゃ、よろしくね」と、悠然と融資相談コーナーを出ていった。


岳夫はホームウエアに着替え、疲れた足取りで食堂へ顔を出した。妻・亮子が里佳をベビーチェアに坐らせ、離乳食を与えている。

「そうれ、パパのお帰りよ、里佳ちゃん。お疲れ様でちゅーって」

岳夫は椅子に倒れ込むように坐り、

「参った、参った。今日のお客さんには参ったなあ」

と、ぼやいた。亮子は里佳から離れ、冷蔵庫からビールを取りだしながら、慰めの言葉を掛けた。

「そう、何があったの」

「ほんとに今日のお客には参ったよ。融資の使途に難点があり、ってことで保留扱いになっていたケースでね。君も知ってのとおり、マルホ扱いはやばいのが多く、とうとう担当では話が付かなくなってね」

亮子は岳夫にビールを注ぎ、それから自分のコップにも注いでいる。

「そしたら凄い剣幕で、課長を呼べって。あまりに執拗なので、俺が会ったんだよ。そしたら融資の話はそっちのけで、おふくろの浮気話ばかりなんだ」

岳夫は、ぐーっと一息にコップを空け、ため息をついた。

「そう、そんなことだったの。そのお客さんっていやらしいね。融資の駆け引きにプライバシーの話を持ち出すなんて……」

「そうよ。職員たちに聞かれやしないか冷や汗もので、何はともあれ早く帰ってほしい一心だから、金額を落として融資することにさせられてね。勿論、担保は十分だけれど」

亮子はおどけて、

「課長様、ご苦労さんです。どうぞ疲れ直しに、ビールをたんと召し上がりなさいまーっせ」

と、ビールをなみなみと注いだ。

そのとき、電話が鳴った。里佳を岳夫に託して、亮子が電話に出た。

「はい、大嶺です。ああ、おじいちゃん。はい、はーい。里佳って元気印の見本みたい」

亮子は返事をしながら、岳夫にウインクをした。岳夫は里佳を抱いて電話口に出た。

「おじいちゃん。もう晩酌、済ませたの。うん、うん。ちょうど良かった。僕もおじいちゃんに聞いてほしいことがあったんよ。うん、うん、実はおふくろのこと。――うん、うん、分かった」

岳夫は里佳を抱き直し、

「はーい、里佳ちゃん。大おじいちゃんよー」

と、受話器を里佳の口元にあてた。里佳は嬉しげに手足をばたつかせながら「あー、うー」と訳の分からない言葉を叫びだした。

「おじいちゃん。こんなに元気でしょう。はい、はい。じゃ、明日の晩はこちらで食事しましょうよ。じゃ……」

亮子は語り口のトーンを落として呟いた。

「おじいちゃん、毎晩独りでお食事なんだって」

「親父とおふくろは、家庭内離婚のようなものだから。おじいちゃんも寂しいわなあ」

四　貉（むじな）は、むじなでも

社長室の会議用テーブルでは、太田開発部長と佐賀建築課長が浩太郎社長の前に坐り、真剣なやりとりが続いている。

「それはそうと、開発部長。泉佐野の大型スーパー出店の件、用地はどうなってるの？」

「はあ、大型店舗設置法の審査が通れば手付けを入れる、って条件で交渉を始めたのですが、相手方が契約を急いできましてね……。なお当社の窓口は、専務さんが担当してくれていますので、詳しいことは僕たちでは分かりません。なあ課長」

「他にも引き合いがあるから、取引が遅くなると、そちらに回すって、とのようです」

「うん、分かった。で、許可の見通しはどうなんだ」

「商業調整委員会で協議はしてくれているんですが、地元商業者の反対が強くって……」

「建築課といたしましては建物の配置、駐車場などのレイアウトや、建物の設計はできているんですが、大店法の許可が通らないと建築確認申請を受け付けてくれないものですから……」

　二人の目つきは真剣で、社長に訴えるように説明を続けている。浩太郎は、この張りつめた雰囲気が好きだった。いわゆる仕事人の雰囲気が出ているからだ。

　浩太郎は高等学校普通科を出ただけの学歴しかないが、大嶺興産に採用され、総務課で庶務や労務管理を担当していた。しかし、仕事に慣れるに従い、建物管理や事務だけでは物足りなくなってきた。だから二年後に、自ら志願して企画開発を担当させてもらった。

その当時である。社長岳之進の提案した新規事業を、係長や課長と激論を戦わしながらも、がむしゃらに推し進めたのだった。毎晩残業だったが、生き生きとして、疲れを知らなかった。彼は、そのような緊迫した仕事ぶりが好きなのだ。

だから岳之進社長が、荒れた戦後の日本を立て直すためには、まず住環境の整備が急務と、建築資材の恒久的供給のため森林経営に着手したとき、進んで熊野の山に飛び込んだのだ。

当初は、山での素材の買い付けから搬出、製材を直営でやり、自社の建設部や関連業者へ直接納品した。それで多くの利益を生み出し、百年の大計を唱える岳之進の方針もあり、山をどんどん買い続けた。

近露事務所の現場監督を担当したのもこの一環だった。

その後、配置転換された商業部門では、今までの日本の流通機構は複雑で、生産者から消費者へ渡るのに、市場や問屋など、いくつもの業者の手を経ることに疑問を持ち、生産者から直結した大規模店舗の開設を提唱した。これが大いに当たった。仕入れの直結はもとより、豆腐とか天ぷらなどの食品から衣料品まで、生活に関する多くの商品の生産施設も、直営で始めた。他の流通業者より品質管理が徹底できたのと、販売価格が低く抑えられたから、消費者の受けが良く、利益率も高かった。その収益をどんどん新規事業の展開に投入できた。

しかし、最近になって大手総合商社が、大型店舗に手を出し始め、過当競争となってきた。だから、新規事業については社長自らチェックし、過大な投資を防ぎ、損益計算をきちんと積算させていたのだ。

浩太郎は部長や課長から説明を受けたあと、

「しかしなあ、地元対策費に相当大きな金を出してるんだよ。それで、未だに同意が得られないって、どうなってるんだ」

二人の顔をまじまじと見つめた。二人は顔を伏せてしまい、俯いたままで、

「精いっぱい、努力してみます」

と答えるのみであった。

「ご苦労だけれど頼むよ。用地の取引を急いてきても、許可が前提だから、と言って待ってもらえや」

そのとき、もじもじとしていた太田部長が、意を決したように言った。

「用地のことですが、この件につきましては、恐れ入りますが、専務さんに直接言っていただきたいのですが……」

「と、言うと？」

社長は怪訝な顔をしている。

「専務さんから、もたもたしていると余所に売られてしまい、許可が下りてもあとの祭りになるって、お叱りを受けているものですから……」

「そうか、専務は早く買い取れとな」

「通産局からの許可が下りてからでは遅い、ひとまず用地を確保しなさいと……」

「うん、分かった」

二人は汗を拭き拭き出ていった。

「専務・大嶺空岳」と名札の立てられた、大きな机に坐る空岳の前を、浩太郎はゆっくり、往きつ戻りつしながら声を掛けた。

「専務、泉佐野の大型店の見通しはどうや」

空岳は眉にしわを寄せ、物憂げに返事を始めた。

「地元商業者の反対が強硬で、難儀してますねん。あれらの後ろに大物の政治家が糸を引いているようで、なかなか言うことを聞きしません」

「でもな、この件は商業調整委員会にかけられているから、政治家が手を出せる部分がないはずだけれど……。それは、まあいい。それで、商業調整委員会の動きはどうや」

「それが、なかなか前へ進んでくれしませんのや」

「事前に、商業者の頭は撫でているんだろう。相当大きな金を使っているようだが……」

「はあ、一応手みやげを持って個別に当たっているんですが。なにぶん、欲の深い連中だもんで、埒が明きしませんのや」

「そうか。あまり費用がかさむようだったら、小芸を打つより、調整委員会で、消費者利便を図るってことを主張し、正攻法の戦術に切り替えたらどう？」

空岳専務は気乗りがしない様子で「はあ、まあね」と答えるのみであった。

「それに用地の方だが、これは、君の仕事だったかな」

「なかなか適地が見つからずに、探すのに難儀しましてねえ。まとまった土地の空いてるのがなくて、足を棒にして探しましてん」

「いやー、ご苦労をかけたな。大型店の出店は、地域のパイ（商圏）の大きさや購買力と、交通の利便や駐車場のスペースが、成功の一番のポイントだからなあ」

「分かっていただければ、ありがたいんです。部長たちが大店法の許可を得るのに、もたもたするから、相手から急かされていますねん。他に取引の申し入れがあるから、早く引き取ってくれと」

「まあなあ、取引を早くまとめようとすれば、不動産屋は誰でもそんなこと言うものやけれど」

「はあ……」

専務は不満げに俯いた。

「それで、その土地の権利関係はチェックしてくれているんだろうな。抵当権や地役権の問題などは、ないんだろう？」

「抵当権は設定されているものの、代金支払いの際、片を付けるから、それは問題ないんだが……。ただ、小さな倉庫が一つ建てられていましてねえ。地主が一旦了解していたから、立ち退き問題が出ていますねん」

「ほーう。でも土地使用料受け取っていなかったら、大した問題じゃないだろう」

「それがねえ、使用料こそ払っていなかったんだが、下請料の中で精算されていた、と理屈を言われましてねえ。まあしかし、これは僕が乗り出せば、金で解決しますよ。それよりも、早く手付けを入れなくっちゃ……。社長、すぐにでも進めましょうか」

「まあ、まあ、そう慌てなさんな。何も買い手のこちらが金を払ってまで、立ち退きさせるほどの、差し迫った問題でもないし。それにこの話は、あくまでも大店法の許可が前提だから、よく心得ておいてくれな、専務」

「はあ」と返事はしたものの、空岳の顔は引きつっていた。浩太郎は、その顔を見ないふりをして、出ていった。

空岳は憮然とした表情で、卓上の電話を叩くようにプッシュした。

「部長か。建築課長と、すぐ来てくれ」

と怒鳴った。いらいらと歩き回りながら、吐き捨てるように「社長め、またまた、俺の仕事に因縁をつけくさって」とぼやき始めた。

　太田部長と佐賀課長が、おずおずと入ってきたが、空岳は二人を立たせたまま怒鳴り始めた。

「おい、部長！　われなあ、社長に何を吹き込んだのや」

「と、言いますと」

「今先な、社長が入ってきて、泉佐野の大型スーパー、もたもたするなって怒りだしてな」

「はあ」

　二人は、おびえている様子だった。

「はあ、じゃないぞ。用地の取引は、許可が前提だから急ぐなって」

「と、伺っていますが」

「あほんだら！　用地も確保できないで、何が出店計画や」

「でも、許可が下りないと、投資倒れになりますんで」

「そのくらいのことは分かっている！　許可を取るのがお前らの仕事じゃないのか！」

「そ、そんな。私たちばかりに……」

　空岳は口汚く二人をののしり続けた。


　貴子が派手な洋服姿で、打ち水のされた小料理屋の玄関を入っていった。

部屋では、空岳専務が和テーブルに坐り、一人でビールを飲んでおり、仲居の案内で貴子が入ってきた。

「なんや、人を呼び出して」

「姉貴に、一言、言いたいことがあってね」

「なんやねん。もう酒に呑まれているのんか」

貴子は坐りながら仲居に、料理とビールを注文した。

「なあ、姉貴。最近、社長とうまくいってないのか」

と、貴子の顔を覗き込んだ。貴子は、むっとして、不機嫌に言い放った。

「放っておいて！　こっちのことは」

「それが放っておけないんだな。社長が荒れているから、俺まで、とばっちりを受けてしまって」

「なんやねん、私に言いがかりをつける気か」

「社長はこの頃、俺のなすことに細々とけちをつけてきよってな。――そうそう、大事なこと言い忘れてた。社長は姉貴を会社から放り出そうって、画策しているのやで」

「バーカ。あれは婿養子。私に逆らえないの」

「でもな、この間、親父とこんな話をしていたで。親父が、人の噂に副社長が男狂いをし始めてる、って小耳に挟んだらしいんや。で、君に申し訳ないから、貴子を家庭に戻らせるって」

　と言いつつ、空岳は貴子の顔に探りを入れた。貴子はうろたえながら、

「ほ、本当？　そんな話をしていたの？　それ、いつ頃？」

と、聞いた。空岳はそのときの状況を、かなりくどくどと説明した。

「社長は『大嶺家の名誉を傷つけ、会社の信用に関わるから、副社長を会社から手を引かせましょうか』って、伺いを立てていたんだ」

　と繰り返した。そして続けた。

「それに、社長は、俺までじゃまにしてるし……」

「本当？」

「親父も年や。社長の言いなりになって」

貴子は、空岳にビールを、なみなみと注いでやりながら、意味ありげに笑った。

「だったら、逆にあいつを追い出したらいいジャン」

　空岳は、貴子の顔をじっと見つめて「ほんとに、いいのか」と問い返したが、貴子は大きく首を縦に振った。


　大嶺家の泉水にも雨が降り注いでいる。書斎から水面を見るともなしに見ている岳之進だが、部屋の前に安江が来ているのに気づいて、驚いたように振り向いた。

「大旦那さん、今も人相の良くないのが、家を覗いているのよ」

「うん、何？」

　岳之進は安江から泉水に視線を戻しながら聞いている。

「この間からね、二人連れの人相の良くないのが、この付近をうろついていますの」

「それがどうした」

「だって、二人して、じっと家を覗いているんですよ」

「ほう——」

　岳之進は安江の顔を見上げた。

「この間、お買い物に行った帰り、この家の門のそばに立っていたあの二人の話が偶然聞こえてね。この付近では、やれないって。何か薄気味が悪いのよ」

　岳之進はようやく安江の顔をまじまじと見て「今も居るのか」と聞いた。

「雨が降ってるというのに、隣の壁際に吸い付くように立っているわ」

「そ、そうか。ほほう」

　岳之進は後ろ手にして、ぶらりと部屋を出ていった。


　交番の中は机が二つあり、一方の机の上にインターホンと電話機が置かれている。岳之進は机を挟んで坐っている警官に向かって、いらいらした口調で何やらしゃべっている。

若い警官は、持て余したように、

「でも、何もしていないのに、警察としては、どうこうできませんよ。職務質問が精いっぱいでして」

「家政婦が怖がりましてな。もし、何かが起こってからでは遅いって」

「でもね、身元調査なんて、その人たちの人権侵害ですよ」

「じゃ、君は、事件が起こってもいい、って言うのかね」

警察官は、うんざりとした様子を露骨(ろこつ)に見せて、

「そんなこと、言ってませんよ。これから巡回に出なくちゃいけないので、お引き取りいただけませんか」

とさえ言い出した。それでも岳之進は、

「住民の不安を取り除くのが、警察の仕事じゃないのかな」

と、小声で言ったものだから、若い警官は言葉を荒げて、宣言するような口調で言った。

「人を予見で、調査したり逮捕はできません！」

岳之進は渋々帰り支度をし、一応警官に頭を下げ「手間をとらせました」と礼を言ったが、帰り際に、

「ふーん、警察ってそんなもんか」

と、まだ呟いていた。

岳之進は、安江が不安がっていることと、空岳がまたぞろ暴力団と関わり始めたのが気になってきたから、近くの交番を訪れ、不審な二人連れの男たちの身元調査を依頼に来たのだった。


大嶺興産社長室では、太田部長が社長デスクの前に立ち、

「消費者代表の方も言ってくれているのですが、今の商店街は早く店を閉めるから、共働きの奥さん方は、買い物にも不自由するって。それに商店街のどの店も、品数が少なくって、そのうえに古いから、満足な買い物もできないって、まで……」

「じゃ、それに対し商業者代表はどう言っているのだ」

「そこなんですよ。そのことには一切答えないで、資本力を駆使し、零細企業の我々を潰すのかってのみ、言い張ってるんですわ」

「ほほう、それで……」

「市民の購買力は一定だから、同じパイ（商圏）の中で大型店が売り上げると、当然地元小売業者の売り上げが減るから、応分の補償をしてくれと……。まったく言い掛かりなんです。大きな補償金を要求して、こちらの出店を諦めさせよう、って魂胆で」

「ほ、ほう。売り上げ減少による、損失補填か。自由経済の我が国でね……」

「それで我が方といたしましては、当店の出店で影響受ける方は、我が社のテナントで受

け入れる、って説明しているんですが……」

「なるほど」

「我が社も、地元商店街の言いなりにはなれないものの、妥協点も見いださねばならず……」

「まあな。でも、商業調整委員会には学識経験者もいるんだから、消費者利便を説明し、もう少しねばって説得してくれや」

「はあ、そのように取り組んでみます」

太田部長は返事して下がろうとした。その後ろ姿に向かって浩太郎は、

「ああ、部長。この件では専務は何をしているのかな。地元対策費、前渡ししているはずだが……」

と、問い掛けたが、部長は俯いたまま、

「その件につきましては、専務さんに直接聞いていただきたいのですが……」

「うん、分かった」

女子職員が入ってきて、「市役所の経済部長様がお見えですが」と告げた。

専務室では太田部長と佐賀課長が、専務の前に直立不動の姿勢で立ち、空岳は二人を射るように睨み付けている。

「お前ら、どぐさいことしよるから、わしまで社長に叱られたではないか。こうなったら、ごねているやつ居（お）ったら、ちょっと痛い目に遭わせてやりな」

と、どつく真似をしている。太田部長と佐賀課長はお互い顔を見合わせ「そ、そんな無茶な」と尻込みし始めた。

「資本力で潰す気かって、我々を悪者扱いにするんやから、遠慮する必要がないだろう。やってもたれや」

と、平然と言い放ったが、太田と佐賀は呆れてものも言えず、ただ突っ立っていた。その表情を見た空岳は、机の上に置かれていた書類を二人に叩きつけて、

「ええっ！　テナント料についても高過ぎる、テナントが力をつけるまでは、短兵急に利益を追求しては、事をし損じるだと。いつからお前たちは説教師になったんだ！」

わめき始めた専務を、呆気にとられて見つめる二人。

女子職員が慌てて飛び込んできて、「会長様がおいでになりました」と告げた。

「な、なに。会長が来たと？」

開いてある扉を軽くノックしながら、岳之進がすっと入ってきた。岳之進は床に落ちている書類を拾い上げながら、笑顔で話し掛けた。

「元気に仕事に励んでいるようで、皆さん、ご苦労さん」

岳之進は視線を順番に送り始め、太田部長と佐賀課長には頭を下げた。

空岳は慌てて言った。

「部長、もういい。下がってよろしい」


専務室の応接に坐る空岳は、興奮状態がまだ続いている。

「あれらの仕事ぶりが、どぐさくって」

と、ぼやいていたが、岳之進はその一言一言に頷いている。

「地元商業者のエゴに、どうして頭を下げなければならないの？　住民が良い買い物をしたくとも、満足にできないくせに」

「住民あっての商業。その住民が満足な買い物ができないってのは、専務の言うことも筋が通っているな」

「でしょう。だのに、あいつたちったら、大店法の許可を受けるためには、地元商業者の理解が必要不可欠って言うんで、叱りとばしていたところなんですよ」

「でもさ、現実には大店法の事前審査が通らなくっちゃ、建築確認が下りないんだろう。だからさ、部長の立場もつらいわな。それも分かってやらないと。なあ専務」

空岳は俯いてしまった。

「話は変わるが、副社長、きちんと来てるか」

「親父、それなんですよ。姉貴夫婦の間が、会社へ来てまでも、おかしな雰囲気なんで……。俺、中に挟まれ難儀していますねん」

「ほ、ほう」

岳之進は、とぼけた顔つきだ。

「昼前に出てきてさ、午後は観光の方へ行って坐っているらしいの。それに、向こうの岩田君と、おかしな噂が立っていて……」

「ほうー、なるほど。で、そのこと、社長は知っているのか」

「多分ね」

空岳は自信に満ちて答えた。

岳之進は腕組みをしたまま、体を前後に揺すりながら目をつぶっている。

「ねえ、親父。姉貴を辞めさせ、家庭に閉じ込めたら、どう?」

「うん、まあな」

目は開けたが、視線は天井に向いている。

「早く手を打たないと、会社だけではなく、一族の名誉にも関わりますよ」

空岳は繰り返し言っている。岳之進はそれには返事をせず、

「じゃ、ちょっと社長室へ行ってくるか」

と言いながら出ていった。空岳は慌てて卓上の電話機をプッシュした。

岳之進は、社長室の表示を横目で見ながら通り過ぎて、エレベーターに乗った。社長室へ寄ってから帰ろうと思っていたのだが、貴子の浮気を浩太郎も知っていると、空岳の口から改めて聞いたので、急に心が変わった。

社員であった浩太郎を婿養子として迎え入れた岳之進の心中は複雑だ。浩太郎が相変わらず仕事に夢中になって取り組んでいたから、社長室に立ち寄ってまで、夫婦仲のことで浩太郎と顔を合わす気になれなかったのだ。


空岳が社長室で、落ち着かなくうろうろ歩いている。

「確かに、会長は社長室へ立ち寄ると言って出掛けたんですが……」

浩太郎は「ふーん、そう」と言ったままだ。空岳は思いつめたように浩太郎に向かって言った。

「兄さん、会社で言うのもどうかと思うけれど、姉を家庭に戻されたら、どう?」

うつろな表情の浩太郎は、黙ったままだ。

「仕事がなくって、毎日ぶらぶらしているの、みっともないですよ。――それに向こうの岩田君と変な噂が立って……」

浩太郎は腕組みをしたまま無言を続けている。

「親父も、そのことが気になってるようで」

「会長も気にされているのか」

「社長の体面もあるし、会社のイメージが落ちるって」

そのあと、空岳がいろいろ話し掛けたが、浩太郎は一言も返答しなかった。うつろな表情をしたまま、黙って坐るのみだった。空岳にしてみれば、そのような社長の雰囲気が、なんとなく薄気味悪く感じられた。


和歌浦海岸から雑賀崎(さいかざき)にかけての海岸はリアス式海岸で、全国的にも誇れる景観だ。古くから風光明媚な観光地として栄え、有馬温泉と共に、大阪の奥座敷として、多くの人々が利用している。その半島にある雑賀崎公園のベンチには、岳之進がうずくまるように坐っており、心なしか小さく見える。

視界には、紀伊水道を大型貨物船が音もなく航行している。舳先をひもで引っ張っているかのように、なめらかな移動だ。多分、神戸港や大阪港に向かっての往来だろう。岸辺近くには、小さな漁船が無数に群れている。イサキなどが釣れ始めているのだろうか。

小一時間は坐り続けたであろうか、岳之進は先程来、再三ため息をついている。ようやく立ち上がり、観光案内板を見た。紀三井寺(きみいでら)、片男波(かたおなみ)、和歌浦東照宮、和歌山城などの施設名が表示されている。その一番はずれに、熊野の霊峰と表示されている。

「熊野の御霊(みたま)か。六根清浄(ろっこんしょうじょう)、諸行無常(しょぎょうむじょう)」

と、呟きながら歩き始めた。

「困ったものよのう。貴子と空岳には。これも、俺の子育てのまずさだろう……て」

岳之進の視線がうつろだ。

「それにしても、二人とも鬱陶し過ぎるわ」

と、独り言を漏らしている。


先程、会社で空岳がもっともらしく、貴子の行跡が会社の名を汚すから引退させろ、と言っていたのは、姉であっても副社長の椅子に坐られているのが目障りなんだろう、と心の内が読めていた。しかし貴子の性格は、家庭でおとなしく収まっておれるはずがない。かえってふてくされて、派手なスキャンダルを引き起こすに違いなかった。

だから、ほどほどの仕事を与えておく方が、無難だった。今後、どうしたら良いものやらと思案していたが、結局、妙案が浮かばなかった。

空岳には、ある程度の経営術を身に付けたら、独立させてやるつもりだが、どうやら本人は会社全体を取り仕切りたがっている。能力もないのに権勢欲のみ強いのは、何かと危険性をはらんでいる。それに暴力団のおだてやら脅しに弱く、未だに付き合っている様子が見られ、始末が悪い。

このことは社員も、うすうす感づいているようだが、これは大嶺財閥の存亡にも関わることなので頭が痛い。今のところ、浩太郎君がきちっと抑えてくれているからよいものの、時限爆弾を抱えているようなものだ。

　岳之進はゆっくり歩きながら、ポケットから携帯電話を取りだした。

「タクシーを一台頼む。雑賀崎公園の入り口で待ってるからね。――うん、うん。大嶺だ」


　テーブルの上座に岳之進、岳夫と亮子が向かい合わせに坐り、鍋料理をつついている。亮子は里佳をベビーチェアに乗せて食べさせているが、岳之進はそれを愛おしげに見ながら、

「美味(うま)そうに食べるねえ。もう一人前の食事ができるんだからなあ。子供の成長ってほんとに早いわ」

　と感心しながら、岳夫に酌をしている。

「はい、私はよく食べるんでちゅよ。おじいちゃん。はい、どうぞ」

「ありがとう。うん、なんといっても、ここで食べるご飯が一番美味しいな」

　亮子は岳之進に酌をした。

「鍋料理って、たまには美味しいですわ、ね」

「でもさ、家政婦が作ってくれた鍋で、なんぼ良い材料使ってくれていても、一人でつつくって、わびしいもんだよ」

「それもそうだな」

岳夫の相槌を見ながら、亮子が岳之進に向かって言った。

「じゃ、おじいちゃん。毎晩ここへ来れば良いのに。あんた、銀行からの帰りにおじいちゃんを迎えに行ってあげたら、どう?」

「うん、それもそうだな」

「ありがとう。ありがとうよ。亮子ちゃん」

岳之進は涙ぐんでしまった。

五　神仏混淆（こんこう）・神仏習合

中辺路町滝尻にある国道311号の分岐点から、川向こうに見えるこんもり茂った滝尻王子では、大きなバスが止まり、多くの人たちが降りてきた。全員がスニーカーや軽登山靴を履き、杖を持っている。熊野参詣グループだ。

この人たちは、ただ単なる山歩きが好きなのか、文化と歴史に関心があるのか、自然観察が目的なのか、いずれだろう。どちらにせよ、起伏が多く苦難の多い熊野古道を訪ねてくる人は、その多くが温泉巡りする遊興型でないことは確かだ。

このようなグループによる行動は、峻険な参詣道であっても、比較的安心できる。メンバーの誰かが、山中で捻挫や、熱中症など不都合が生じても、お互い荷物を持ち合ったり、励まし合ったりすることができるし、まして語り部が案内している場合は心強い。

けれども単独行や、二人連れの場合は事情が異なる。危険の伴うことを承知のうえで入山するには、しっかりした入山目的があるに違いない。自然観察や探鳥などであれば、もっと平易なコースで行うことができるからだ。

バスから乗客が降りてくると、貴賤帽（きせんぼう）（雨や日光をさけるため身分を問わず用いたとんがり帽子）に法被（はっぴ）姿の「紀州語り部」が出迎えている。法被には語り部組織の名前「熊野古道中辺路」と記されているが、このような語り部組織は、熊野三山をはじめ高野山などに組織されており、参詣者に世界遺産登録の趣旨の解説と道案内を行っている。

滝尻王子の境内にあるベンチには、岳之進と岳夫が坐って、靴のひもを締め直している。古びた社の後ろには、鬱蒼（うっそう）とした杉木立があり、その木立の中の急峻（きゅうしゅん）な山道が、熊野古道の入り口となっている。境内からは、中年女性のグループが、語り部の案内で、一列に並んで古道に消えていった。彼女たちは、富士登山のように「六根清浄（ろっこんしょうじょう）」を唱えていた。

岳之進は社（やしろ）に手を合わせたあと、しんみり語りだした。

「俺も、自分の足でこの坂を登るのは、これが最後になるかもしれないなあ。世界熊野体験博のときは、取引先の社長さん方を案内できたのに……。そのときは、この近くにある古道館で語り部に解説してもらって、社長さん方に喜んでもらったもんだ。しかし、こう足が弱くなってはなあ」
「大丈夫だよ、おじいちゃん。久留米大学のお医者さんは、九十歳になるのに、未だにヒマラヤに登っているんだって」
「そうか。そんな人もいてるのか。じゃ、気合いを入れて登るとするか」

熊野古道が、ユネスコの世界遺産に「紀伊山地の霊場と参詣道」として登録されたとき、古道の歴史、文化をはじめ、自然環境や動植物などを解説できる人材養成のため、和歌山県は語り部の養成を行ったが、各地で人材が育ち、観光業者や参詣者から重宝がられている。また外国からの参詣者が増えてきたことから、英語など外国語を話せる語り部の団体も結成されてきた。

滝尻王子境内で、語り部が大きな声で解説を始めた。岳夫は、その語りの内容に聞き耳を立てている。銀行では、幹部を目指す者には、地元の産業や文化の知識を身に付けることを求めている。強制ではないが、地元の経済を支援する者には必須の条件だという。岳夫は業務研修と相まって、わずかの時間ではあるが、郷土史の資料に基づき学んでいた。岳自身も興味があり、独自で学んでいたから、文字で学んだことを、語り部たちがどのように解説しているかに、興味が湧いたからだ。

岳夫は、語り部の説明に耳を傾けた。

「この熊野への参詣道は大きく分けて、和歌山県内を通る紀伊路、すなわち大辺路（おおへち）、中辺路（なかへち）、小辺路（こへち）、があります。それに加えて三重県伊勢方面からの伊勢路、奈良県吉野郡から入る大峯奥駈道の五ルートがあります。ただ世界遺産にあと一つ、高野町石道が登録されていますが、これは、熊野にはつながって居（お）らず、高野山への参詣道です。『小辺路』は真言宗総本山である高野山から、山の尾根筋を通るコースであり、『中辺路』は京都から淀川を下り、大阪の天保山から歩き始め、紀州の田辺市から熊野本宮大社に向かうコースで、都人は京都伏見の城南宮で御籠（おこも）りをし体を浄めたあと、二百八十キロメートルに及ぶ難所を越えて、熊野三山すなわち、熊野本宮大社、熊野速玉大社、熊野那智大社に参詣するルートであります。『大辺路』は、田辺市から熊野那智大社に向かう海岸線を通るコースであります。それぞれのルートは案外覚えやすく、都からの距離によって名付けられ、最も近いのが小辺地で、遠いのが大辺路であります」

岳夫は、なーるほど、と頷いている。

そんな岳夫に目で合図をし、登山用ストックを片手に、ゆっくり歩み始めた岳之進、その後ろにリュックサックを担いだ岳夫が続いた。

山中にある王子社で、深々と頭を下げ、小さな声で祈願している中高年の男女や高齢者、中にはうら若い女性までが再三見られる。この人たちは、多分、心の病を癒しに来ているのだろう。ハイテクノロジー盛んな現代であっても、心の癒しを求めている者が、結構多いのだ。熊野の霊峰はいつまでも、救いを求める人たちにとっては、なくてはならない存在かもしれない。

わずかに届く木漏れ日の下には、苔むした急峻な石段が続いている。俗に言う胸突き八丁だ。自分自身が言うように、岳之進の後ろ姿を見ると、足下が心許ないだけでなく、心肺機能も衰えているようだ。再三立ち止まってあえいでいる。途中にある、祠状に穴が空いている乳岩と表示された大きな岩の前で、岳之進は呼吸を整えている。この祠は、奥州藤原氏三代・藤原秀衡の妻が出産した所と言われている。

「おじいちゃん、ちょっと休憩しようか」

「――そうしてくれるか。この登り、今の俺にはきつ過ぎる」

参道から少し離れた木の根っこに腰掛けた岳之進に、岳夫はコップを手渡し、魔法瓶から茶を注いだ。岳之進は美味そうに飲みながら話しだした。

「実はなあ。ここへ来たのは、古道を歩きたかったのは勿論だが、お前を、山の管理人に会わしたくてなあ……」

「はあ？」

怪訝な顔つきの岳夫。

「山は際目（さいめ）が、うるさくてな」

「さいめ？」

岳夫は、なお一層怪訝な顔つきで問い直した。

「持ち山の境界線は、大雑把に尾根筋だとか、分水嶺（ぶんすいれい）（渓）を境目にしていることが多いんだが、最近は結構もめるんでな。際目木（さいめぎ）を植えるか境界杭を打っておかないとな。漢字で書くと、際に目、それに木だ」

「際目木？」

岳夫には初めて聞く言葉だ。

「植林は杉や檜がほとんどで、伐採した際に境界線に沿って、椿だとか、うばめ樫など、別の種類の木を植えておくんだ」

「なるほど、際目木ねえ」

岳夫は聞きながら、魔法瓶などを片付けている。

「それでな、俺が動ける間に、大嶺家と会社の持ち山の全てを、現地の管理人に案内してもらって、確認しておこうかなっと思ってな。けれど俺、足がいうこと利けへんから、お前に確認頼みたくって……」

岳夫は、歩き始めた岳之進の背中が、急に小さくなったように見えた。木漏れ日の下を歩く岳之進が、日差しが遮蔽（しゃへい）された部分に来ると、なんだか消えてしまいそうな感じがした。


　昼前に高原熊野神社に着いた。普通は滝尻王子から、ここまで二時間足らずで来られるのだが、岳之進は四時間ほどかかった。足元がふらふらしており、境内の石段に坐り込んでしまった。祖父の疲れ切った姿を見た岳夫。

「おじいちゃん、弁当の時間だが、しばらく休んでからにしますか」

「いや、ビールで喉を湿したいから、すぐにしようや。うちの山小屋はもう近いので、アルコールを入れても大丈夫だよ。お前も飲めや」

　岳之進は缶ビールを飲み始めたが、すぐやめた。やはり、疲れがひどいのだろう。おかずや握り飯には手をつけない。岳夫が一人食べている。祖父はビールを缶コーヒーに替え、ちびりちびり飲み始めた。甘い水分なら喉を通るのだろう。

「この社（やしろ）は古道沿いの建物のうち、最も古くて重要文化財に登録されているんだ」

「そう、一番古いの？」

　二人は、改めて社を見直している。

「それに建物は神社だが、ご神体は懸仏（かけぼとけ）なんだ。神社に仏を祀ってあがめているんだな。神仏混淆、つまり神仏習合の典型だ」

「そうなの？　仏様がご神体ってか」

「異教徒を排斥する外国人には、最も理解しにくい部分だ」

　岳之進は、渓向こうの檜林を眺めている。

「あのくらいの檜にするには、気が遠くなるほど期間がかかるんでな。だから平素は、地元の管理人に任しておって、伐採や植林するときだけ、社員を監督に寄越すんだ」

　岳之進は、懐かしむような口調で続けた。

「昔は現場監督に、お前のお父さんがよく来てくれたもんだ。あれは、良い仕事をしてくれた」

「はあ……。それでですか。お父さんを婿養子にしたのは。でも、空岳叔父さんが居ったのに、どうして？」

「あれ、学生の分際で、その筋の年増女に狂うてしまって……。俺の金を目当てにしていた暴力団の手管に引っかかったんだろうな。見境なく家の金を持ち出し始めたから、勘当してしまったのや」

「ふーん、そんなことあったの？」

「そのあとが悪いのや。暴力団が、あれを人質にして金をゆすり始めてな。お前のばあちゃんはな、俺の名誉を考えて、俺に内証でまとまった金を払い、一応片を付けてくれたんだ。だがなあ、ばあちゃんは貴子のこともあり、二人のことで悩んだんだろうな、とうとう……」

ここまで話した岳之進は、言葉を詰まらせてしまった。しばらく間を置き、続けた。

「おばあちゃんは、よく言っていたもんだ。浄不浄(じょうふじょう)、信不信、貴賤(きせん)を問わず、あるがままに受け入れてくれる熊野は落ち着くって。それで、一人で心を癒(いや)しに来たんだよ」

「あるがままに受け入れてくれる、ってか。それにしても、こんな山深い所へ、おばあちゃん一人で？」

「ここから二キロメートルほど離れた国道には、バスが通っており、またこんな田舎だがタクシーが二台あり、結構疲れた参詣者が利用しているんだ。――ここへは財産管理を兼ねて、俺が数回古道歩きに連れて来たことがあってね……」

岳之進はここで言葉が詰まり、ため息を漏らしている。

「だが、そのときには、おばあちゃんは、もう立ち戻れないくらい、心が病んでいたんだろうな。気づかなかった俺が馬鹿だったんだ……」

岳之進は顔を背け、弱々しく呟いた。

「この向こうの崖から、飛び込んでしまって。――対外的には、一応事故死とはなっているが……。二日後に届いた郵便で、俺に対し、子育ても満足にできなかった私をお許しくださいって、遺書を残して……」

岳之進は、言葉を詰まらせてしまい、とぼとぼ歩き始めた。そのとき、岳之進の顔から涙が落ちているのを見た岳夫は、野草を観察するふりをして、少し離れて歩いた。

二人は古道を離れ、脇道に入った。入り口には「大嶺興産作業道」と表示した案内板が立てられていた。しばらくして、一部禿げ山となっている所へ出た。ずっと以前に崩土が発生したのだろう。山の中腹の岩盤の上に土砂が溜まり、百坪ほどが棚状になっている。上を見れば、既に雑木で覆われているから、崩土は安定しているのだろう。岩盤のはずれは切り立った崖で、雑木の間から見える渓は、かなり深かった。

その平坦地に、現地の檜丸太を、そのまま使った小屋があった。今流行（はやり）のログハウス様（よう）の山小屋である。看板には「大嶺興産株式会社管理小屋」と表示されている。

岳之進は、扉に掛かっている鍵のナンバーを合わせ、岳夫を招き入れた。外見は古びていたが、中へ入ると板の間には、囲炉裏がきられ、炊事場や檜風呂などが整えられていた。寝袋で寝ると、十人は泊まれるだろう。結構手入れが行き届いているのに、岳夫は少々驚いた。が、その理由はすぐ分かった。

「ここで、管理人と落ち合うことになっているんだ。平素は留爺と息子さんの政男君が、この小屋も管理してくれていてね」

岳之進は、山側の壁に設けられている二段式の棚の方へ歩み寄った。

　上段の観音開きの戸を開けると、そこには神棚があり、下段には小型仏壇がしつらえてあった。神仏同居の棚である。神棚には既に榊が生けられており、その青々した感じから、昨晩か今朝ほど生け直したのだろう。

　岳之進は、二礼二拍し、そのあと仏壇に線香を立て、鉦を打った。かなり長い時間頭を垂れていたが、顔を上げたときには、目に涙が浮かんでいた。

「ここが、おばあちゃんの亡くなったところで、時折、俺一人がお参りしていたんだ」

　岳夫は、同じ棚に神様と仏様を祀っているのに不思議な気がした。確かに神仏合体の事例として、熊野三山の一つ熊野那智大社と、西国巡礼(さいごく)の一番札所である青岸渡寺(せいがんとじ)が那智の大滝の正面にある、妙法山の中腹に並んで建立されているのは有名だ。

　それはさておき、岳夫は岳之進が行ったとおり、先に神棚に礼拝し、そのあと仏壇に合掌した。合掌しているとき、祖母の亡くなったときのことが思い出されてきた。

　岳夫が小学三年生のときだった。会社の人が「おばあさんが事故で亡くなった」と学校まで迎えに来てくれ、泣きながら帰ったのだった。

「自殺を知っているのは、遺書を読んだ俺一人だったから、今日までは誰にも言わずに、俺の胸に留めておいてね。この小屋は、あくまでも山の管理用ってことで……」

　岳之進は岳夫を祭壇の前に坐らせて説明を始めた。

「この祭壇も、山神さんの霊を慰めるため、ということになってるんだ。この仏壇はおばあちゃんのため。――さて今回、お前に三日もかけてついて来てくれと頼んだのは、さっきも言ったとおり、この付近からうちの山が続くんで、全部を留爺親子に説明してもらって、確認しておこうと思ってな」

「全部を僕が確認？」

「そうなんだ。今回は確認のみで、日を改めて、隣接地所有者に立ち会ってもらって境界杭を打ちに来ることにしているんだが、この作業は日数がかかるので、改めて相談させてもらうから。――今日は顔合わせと、明日からのスケジュールの打ち合わせをしておきたかったんだ。あれら、もうすぐ来てくれるだろう」

と、岳之進は岳夫に説明した。しかし、岳夫は祖父が小さい声で、「それに俺はおばあちゃんに会いたくって……」と呟いたのを聞き逃さなかった。


山の管理人、岡本留次とその子・政男との打ち合わせが済み、近くの尾根筋まで登って、持ち山の全体を見渡した。結構広いのに驚いた。境界線を歩くだけで、最低二日はかかるとのことだったが、その全容を見たとき納得した。この二人は、岳之進が歩きやすいように、下草刈りをするのに、一カ月余りかかったそうだが、この広大な面積を見ればよく理解できた。

岳夫は、岳之進の疲れがひどいので、岡本親子が勧めてくれた小屋泊まりを断って、高原熊野神社近くの民宿に泊まることにした。山には岳夫だけが入ることになった。

岳之進はストックを頼りに、とぼとぼ歩きながら話し始めた。

「先程の話の続きだが、女が暴力団の抗争に巻き込まれて死んでしまってから、空岳も目を覚ましてね」

「それで戻してあげた、ってわけ」

「うん、それで浩太郎君から、経営のノウハウを仕込んでもらっているところなんだけどさ。できれば、空岳の好きな事業を別会社にしてやらせようと思っているんだが……」

「そう」

岳之進の表情は暗く、岳夫にしてみれば気になった。

「それがなあ、あれ、悪い癖が出始めてな。経営能力もないくせに、会社の実権を握ろうと、浩太郎君夫婦を追い出しにかかっているんだ。本人は俺直系の後継者だと言い張ってね。確かに、俺の息子には違いないが……」

「まさか」

岳夫の目は、驚きで見開かれている。

「まさかであってほしいのだが……。そんな野心を持ちながら、日常はこそこそと経費をピンハネして、若い女に貢いでいるような小者なんだがな。今度もな、泉佐野の大型店出店にかこつけて、小遣い稼ぎをやってるのを浩太郎君に見破られて、大分難儀してるようや」

岳夫も、母のことを、いつ相談しようかと悩み続けていたのだが、岳之進が両親のことを言い出したこの機会に、思い切って相談することにした。

「おじいちゃん、それよりも、僕はおふくろの方が心配なんや」

「これもこれや、お前の母親には違いないけれど……。またぞろ、男狂いしよって！」

岳之進の声が急に大きくなったので、近くの小枝に止まっていた小鳥が「チッ」と一声鳴いて飛び去った。

「家付き娘に、かき回されている浩太郎君が可哀想でな」

「はあ」

岳夫は相鎚の打ちようがなかった。

「観光を任している岩田専務と、おかしな噂が立ってしまって……」

岳夫は目を見張って言った。

「おじいちゃん、知っておったの。そのこと」

岳之進は返事もせず、肩を落としてしまった。

「お前に聞かせたくないような話だが、貴子はなあ、高校生の頃から結構もてて、男を次々変えて遊ぶのや。短大でもほとんど授業には出ず、男のところを渡り歩いていたようなんや。それでな、俺が目をかけていた浩太郎君を貴子の監督を兼ねて婿養子にしたってわけ」

岳之進は背を丸めて話しているが、その姿が急に老け込んだような気がした。

「最初のうちは、貴子も浩太郎君に首っ丈だったんだが、お前が生まれてしばらく経った頃だったろうて。浩太郎君が俺の代わりに事業に精を出し始めると、ついつい昔の癖が出始めてな。浩太郎君の長期出張が多いことをよいことに、男を家に引き込みだしたんだな」

岳夫は、他人にこんな話をされれば聞くに堪えないのだが、身内である祖父の言葉だけに真剣に聞いた。

「それでか、僕がおじいちゃんのところへ引き取られたのは」

「そうなんだ。お前の親子と俺たちとが、一緒に暮らすようにし向けたのだが、貴子は自由がきかないから当然、俺やおばあちゃんの言うことは聞き入れないわなあ。逆に、仕方なくおばあちゃんを、孫の子守りってことで、貴子の家に行かせたんだ」

「そう、そうだったの」

「貴子は最初のうちこそ、遠慮していたんだが、慣れてくるとおばあちゃんが居(お)っても無視して、男遊びをし始めたんだ。おばあちゃんは、浩太郎さんに申し訳ないと悩み、空岳のことと相まって、とうとう自殺してしまった……」

「そ、そんな経緯(いきさつ)があったの」

「そんで、お前をそのままにしておくと、貴子たちに染まってしまうから、こちらへ引き取ったてわけ」

「そんでか、全寮制の学校へ行かされたの」
「まあ、そういうこと。俺も連れ合いを亡くし、家政婦では子育てができないからなあ」

六　絶対許せへんで

「とがのき茶屋」では、二人だけの客が坐っている。岳之進と岳夫だった。二人は会話を交わすこともなく、黙々と食べている。

岳夫は、二日半にわたっての際目(さいめ)確認作業が済み、今日和歌山へ帰るのだが、岳之進は、熊野本宮大社へお参りしたいと言う。岳夫は、祖父が落ち込んでいるから、付き合ってやりたいのだが、銀行を月曜・火曜と二日も休んでいた関係上、やむなく一人で帰ることにした。

それにしても、今回の二人旅は、岳夫にとっては、予期してなかった事柄ばかりであった。

祖父が涙ながらに、子育ての失敗を話したとき、当事者が我が母親であり、叔父でありながら、世間では事業の鬼のように言われている岳之進の心の中に宿る深い悩みを知り、何か哀れとか、はかなさを感じさせられた。掛ける言葉もなく二人は、お粥を黙々とすすっている。

祖父が、熊野本宮大社に詣でたい気持ちが分かる気がする。でも理解しがたいのは、大嶺家と会社の所有する山林の確認を、会社の社長、副社長、専務などの要職にいる者にさせずに、あえて岳夫にさせたことである。祖父が最も信頼する父、浩太郎にも参加させなかったのは、どうしたことだろう。


調理場で休憩している梅乃と妙子が、のれん越しに二人の方を見ながら話している。

「おかはん、あの若い人って知ってるやろ。この間来てくれた銀行の課長さんって……。あの人、大嶺興産の一人息子やってんで。管理人の留爺が言うてたわ」

「ほ、ほんとか？」

「あのおじいさんが、大嶺興産の一番偉い人やって。大きな会社をいくつもつくってるらしいの」

梅乃は慌てて、会話をそらすように言った。

「お前、もう保育園へ、迎えに行く時間やで」

妙子は「ほ、ほんと。ちょっと遅れてしまった」と、言って飛び出していった。

梅乃は車の出てゆく音を聞き終わると、壁際ににじり寄り、聞き耳を立てた。

囲炉裏端では、岳之進が幾分元気を取り戻している。

「さすがは、ここの茶粥だ。炊き加減が素晴らしい」

岳夫は、元気を取り戻した岳之進を見ると、急にお腹が物足りなくなり、地元の〝めはり寿司〟にむしゃぶりついた。タカナの醤油味がご飯にしみて美味しかった。

しかし、それもつかの間で、岳之進はまた暗い表情に戻ってしまった。茶碗を置き、岳夫に向かって、

「そんでな、貴子も貴子なら、空岳も空岳なんや。二人共お互いが反目しあっているくせに、共同で浩太郎君を追い出しにかかっておって……」

「ま、まさか」

岳夫は信じられない表情だ。

「貴子と空岳が、交互に俺に告げ口に来よってからに。それだから、こちらは何もかも見通しや」

二人の様子に聞き耳を立てていた梅乃は、岳之進の口から「コウタロウ」という言葉が出たとき、身体を硬直（こうちょく）させた。

「貴子の守り役に、無理矢理結婚させた浩太郎君には、すまんことだ」

岳之進は茶碗を置き、遠くに視線をやりながら続けた。

「浩太郎君のお父さんは、小さな土木工事業をやっていたのだが、元請けから不渡手形を掴まされてしまってね。労務賃や材料屋への支払いなどで、家屋敷全部処分しなければな

らなくなったんだ。それが原因で、ノイローゼになり近くの淵(ふち)に飛び込んで……」

　岳之進は、俯(うつむ)いたままフーッと大きなため息をついている。

「俺も、あこぎなことをしたよ。残された母親に、借金全部肩代わりしてあげるから、浩太郎君を寄越せって。しゃにむに二人をひっつけてしまって」

　調理部屋の壁際では、梅乃が聞き耳を立て、岳之進の一言一言に目を剥(む)いて聞いている。

「おじいちゃんは、よっぽど父さんが気に入ってたんだね」

「身体を張って仕事に取り組む姿が好きだったんだ。俺によらず、戦場をくぐり抜けてきた復員者は、みんなそんなところがあってな。何事にも命を張るんだ」

　岳夫は頷いて、次の言葉を待っている。

「けどな、一人息子を取り上げられたお母さんは、気落ちして寝込んでしまって、とうとう……」

　と言ったところで、声を落として続けた。

「酷(むご)いことをしてしまった」

　聞き耳を立てていた梅乃は、

「そんな事情があったの。可哀想なお母さん」

　と、エプロンで目頭を拭いた。しかし、急に何かを睨み付けるような表情になり、

「でも、どんな事情があったにせよ、浩太郎さんは許せない」

と、激しく呟いた。口元を引き締め、手を握りしめて「絶対許せない」と繰り返した。しかし、梅乃は徐々に涙ぐみ、胸に手を当てて大きなため息をついた。彼女は忘れようとしている事柄を、今また思い出したのだ。

夜のとばりが立ち込み始めた、夏の宵のことである。近露王子下手の河原では、川エビ捕りをしている浩太郎の姿があった。浩太郎はカーバイトランプで水中を照らし、タモを使って川エビ捕りに夢中になっていた。川遊びは、休日の息抜きだったのだ。

梅乃は、背後から忍び寄り、ワッと声を掛けた。浩太郎は驚いたようだったが、梅乃だったので安心したのだろう、岸辺に上がってきた。梅乃は「配給係の到着」と声を掛け、持ってきたゴザを敷いて浩太郎を坐らせ、手にしていたビールとつまみを手渡した。

しばらくすると、淡い月の光が注いでいる河原では、浩太郎の膝に抱きかかえられ、唇を合わせている梅乃の姿があった。梅乃の片手が、浩太郎の首に回されている。梅乃は激しく浩太郎にむしゃぶりつき、押し倒した。そして、浩太郎の上に乗りかかるようにして、唇を押しつけた。浩太郎は、なすがままにされていたが、とうとう、下から梅乃の体を抱きしめ始めた。

調理場では梅乃が「絶対許せない。妙子が可哀想過ぎる」と握りしめた手を、膝に強く押し当てている。

　わずかの広さの谷間に農地が開かれ、その真ん中に村道が通っている。その道で、布鞄をたすき掛けした男の子たちが囃し立てている。その後ろを少し離れて、女の子が泣きじゃくっている。

「やーい、やーい。父無し子やーい、テテナシゴヤーイ」

と、男の子たちが女の子に向かって、大きな声で囃し立てている。遠くから見ていた農作業中の中年の女性が、鍬を片手に飛んできた。

「このがきども、弱い者いじめをしやるんか。おばちゃんが許したらへんで！」

と、怒鳴りながら男の子たちを追い回した。農婦は男の子たちを追い散らしたあと、女の子に近づいて、

「妙子ちゃん負けたらあかんで。なんて言われても我慢するのやで」

と、女の子の涙を拭いてやった。女の子は泣きじゃくりながらも首を縦に振った。農婦は「ほんまに負けたらあかんで」と再三言って、畑に戻った。笑顔の戻った妙子と農婦は、手を振り合っている。

　そのとき、自転車に乗って、妙子めがけて突進するようなスピードで、梅乃がやって来た。梅乃は、

「つらかったろう。つらかったろう」

と、妙子を抱え込んだ。しばらく抱きしめていたが、妙子が胸の中から「あのおばちゃんに助けてもらったの」と言った。梅乃は妙子を離し、農婦のところに近づき、

「おおきに、おおきに、この子をかばってもろて。ほんとに、ありがとうございました」

と、何度も頭を下げている。

「農協の購買部へ、女の子たちが走ってきて、妙子がいじめられているんや、って言いに来てくれてね。そんで、飛んできたんよ、そしたらあの様でしょう。おばやん、お世話様でした。ほんとに、ありがとうございます」

農婦は妙子に向かってではあったが、梅乃にも励ますように、

「どんなこと言われても、負けたらあかんで」

と、優しく言った。

梅乃は、農婦に何度も礼を言いながら、妙子を自転車に乗せて立ち去った。

のれんの陰で、涙を目にした梅乃は、顔を硬直させ「許せへんで、絶対に」と自分に言い聞かせるように、低く呻いている。

ちょうどそこへ、保育園服を着た幼児を連れて妙子が帰ってきた。そこで妙子が目にしたのは、母が涙を流しながら「許せへんで、絶対許せへんで」と呻いている姿であった。

妙子は、何事が起こったのかと、しばらくそっと見守っていた。彼女にしてみれば、自分が結婚して以来、久方ぶりに見る梅乃の厳しい表情に驚いた。確かに、妙子が結婚する以前には、片親であることを理由に、何かと不都合な噂話をされたとき、梅乃は、目をつり上げて世間を呪い、怒りをぶつけていたものだった。

幼児はそんなことおかまいなしに、「おばあちゃん」と声を掛け、梅乃めがけて走り寄ったが、梅乃は幼児を抱きしめ、涙の流れている顔を幼児の体で拭いた。

深い谷間の、渓流に沿った田舎道を、岳之進はゆっくり歩いている。その後ろを、岳夫が道沿いに並んでいる民家を覗き見しながら続いている。農家の庭先には椎茸が干してあり、それを見た岳之進は立ち止まり、臭いをかぎながら呟いた。

「美味そうな椎茸」

「椎茸って採り立ては、ふわふわして美味そうだね」

「キノコによっては、煮ても焼いても毒気の消えないのもあって、難儀するんやが」

と、岳之進は言い、そのあと、声を落として「貴子や空岳のように」と呟いた。

岳夫は祖父の呟きが聞こえなかったようだ。

「ふーん。で、おじいちゃんは毒キノコ見分けられるん？」

「そりゃな。山仕事も長いとな」

民宿の玄関で岳之進は、

「わざわざ送ってもろうて、すまんな」

と、涙声で礼を言った。

「次のバスに乗ると、ちょうど和歌山行きの電車に間に合うんや。じゃ、おじいちゃん気を付けてな」

七　素行調査と尾行

オフィス街のはずれにある、大月興信所の玄関にタクシーが着き、岳之進が降りてきた。岳之進はよろめくように入っていった。

興信所の応接室では、大月所長が岳之進に調査依頼事項を確認している。

「じゃ、ご依頼の件は、一つはお宅周辺をうろついている不審者の身元調査と、二つ目はご子息空岳様の素行調査、特に暴力団関係との交遊、三番目は貴子様の身辺調査ですね」

「くれぐれも、あの子たちに気づかれないように願いますよ……所長さん。えーっと、着手金は三十万円でしたかな」

と、金を払っている。

「ご報告は、どちらまで」

「ひとまず電話してください。ここの地名の小雑賀って名前でね。あの子たちが、私の側に居るときもあるので……。連絡いただければ、私がこちらまで連絡し直しますから」

岳之進は、大月に深々と頭を下げ出ていった。


昼食後の事務室では、若い男子職員と二人の女性職員が、中国領事館の亡命騒ぎのテレビ画面を見ながら、議論を戦わせている。

「領事館員が、しっかりと亡命行為の意義を理解していないのじゃないかな？　それに大使館や領事館内は、独立国扱いってことを認識していない……」

「まあ、そう言ってしまえばそうだが、あの現場に居って、完全武装の中国人警官の行動を差し止めるってことは、なかなか難しいだろうな」

「そんな……、頼りないったら！　あの親子三世代と見られる人たちは、領事館へ駆け込めば、なんとか助かるって、命を賭けて駆け込んで来てるのよ。それをみすみす中国へ引き渡すって、日本ってだらしのない国……。まったく、君みたい」

「おいおい。なんで僕に八つ当たりするのよ」

「だって、あの小さな女の子の泣き出した顔って、見てられないわ。目の前で、扉にしがみついている母親とおばあちゃんが、力ずくで引きはがされているのよ」

そこへ大月所長が、

「ほほう。次には領事館護衛の、ご注文がいただけるのかな」

と、軽口をたたきながら入ってきた。三人は、慌ててテレビを切り、机に向かった。

「いやいや。この事件は、うちにとっても生きた研修資料なんでな。さし当たって、領事館における治外法権とは、ってテーマかな」

事務机の側にある会議用テーブルに腰掛けて、大月所長は呟くように言った。

「クライアント（顧客）が、私に深々と頭を下げて依頼されるって、相当深い悩みがあるんだろうな、今度の件は。——皆に相談があるんで、こちらへ集まってくれないか」


和歌山城の近くに、一流のホテルがあり、官庁街や経済団体の会議や宴会が、しばしば開かれている。勿論、宿泊施設もこの地方ではトップクラスの設備で、観光客の受け入れも行っている。

その一室のバスルームでは、岩田と貴子が戯れている。貴子は、岩田の膝の上に乗り、ささやいている。

「だんだん、富美男にのめり込みそうよ」

「僕だってさ」

岩田の手が、貴子の乳房をまさぐっている。

「私と一緒に暮らさない？」

岩田は目を見開いた。

「でも、社長がいるのに」

「――だからさ、社長を亡くせばいい」

「な、なんだって！」

貴子は岩田の胸板を愛撫しながら言った。

「あなたも社長も、釣りが好きでしょう」

貴子は岩田の頬を両手に挟み、ささやいた。

「釣りって、たまには磯の岩から落ちることもあるんですってね」

岩田は、唇を求めてくる貴子を離し、じっと見つめた。

「会社の経営、あなたと二人だったら、うまくやれそうよ」

「ほ、本当？　会社の経営！――会社の経営ってか！」

岩田の目が光り、貴子の唇をむさぼり始めた。貴子も岩田を強く抱きしめている。

貴子たちが戯れている部屋の隣では、湯の入っていないバスルームの湯船に、大月所長が服を着たまま立っている。大月は壁に集音マイクを貼り付け、イヤホンを耳にしながら、デジタルレコーダーを操作し始めた。隣でいちゃついている声が入ってくる。

貴子はキッスの口を離し、岩田を上目遣いに語り掛けている。

「会長は年だから、会社を私が引き継ぐのは時間の問題でしょう」

「確かに、専務と二人っ子だから」

「その専務も、いつまでも暴力団につきまとわれて……」

岩田は興奮し、貴子の首筋に舌を這わし始めた。

「会長とすれば、二人のうちで、誰に引き継ぐかってこと、あなたにも分かるでしょう」

岩田は、貴子の首筋に吸い付いたまま大きく首を振った。

「もし弟が気になるのだったら、弟も釣りに目がないから……。二人を釣りに誘えば、文句なしに乗ってくるでしょう」

大月の耳に入ってきた会話はここまでで、あとは何やら、妙な音がするだけであった。が、突然貴子の叫ぶような声が入ってきた。

「アアッ。富美男ったら、ここではいや！」

イヤホンを外した大月は呟いた。

「なんということを。夫と実の弟を亡き者にせよ、とけしかけながら……」

ホテルのロビーでは、旅姿の女性がカウンター近くの待ち合いソファーに坐り、ビデオカメラの使い方を練習している。壁に掛かるデジタル時計は、六月七日二十一時四十五分を表示している。彼女は、ビデオカメラのあちこちを見ながら、説明書を確認している。

試し撮りだろうか、大きなデジタル時計やフロントを写している。

そのとき、上気した貴子が出てきた。旅姿の女は、さりげなくビデオを回している。貴子は、ふらつくように出ていった。

しばらくして、岩田がカウンターでルームキーを渡しながら、「急用ができたので、帰る」と言い、精算をしている。彼女のカメラは、回し続けられていた。


高速道路を黒い乗用車が走っており、運転席では空岳がハンドルをさばきながら、片手で携帯電話を使っている。数台続く車の流れに乗って、空岳の車の後ろを、女性が運転するグレーのセダンが続いていたが、セダンの後部座席は遮光フィルムが張られ薄暗い。その後部座席には、大月所長が乗って、無線受信機とデジタルレコーダーを操作している。受信機からは甲高い男の声が聞こえてきた。

「でね、あくまでもイノシシ狙いだよ。万が一捕まっても、イノシシを撃ったが、手元が狂って、誤って撃ってしまった、ってことだよ。いいな」

「了解。若い者に十分伝えておく。彼らはまず捕まらないだろうが、念には念を入れておく。で、場所と日は？」

「紀州、中辺路町熊野古道の高原熊野神社で待機すること。決行場所は古道からそれた大嶺興産の山林作業道内。作業道は大きな表示があるからすぐ分かる。その山中は人目に付きにくいからだ。日は追って連絡する。目標、百七十五センチの中肉の男と、百五十五センチの派手な服装の女。俺は白っぽいカメラマンコートに青いゴルフハット。先頭または最後尾を歩く。念のため肩に小型カメラを提げておく」

「了解！　次のインターを下りた最初の信号を通り過ぎた所に、バス停がある。着手金は、その近くで待機している茶髪で黒いコートの女に渡すこと。赤いバッグを持たせている」

「了解」空岳は大きく頷いている。

「成功報酬の受け取り場所と日時は、追って連絡する。分かっているだろうが、着手金はいかなる理由があろうとも返さない。成功報酬の未払いと、このことを他に漏らせば、そのときはお前のタマ（命）をいただく。いいな！」

「り、了解」空岳はおびえたように返事している。

「日時の指示を待つ。これで切るが、いいな」

「全て了解」

受信機とレコーダーの操作をしていた大月所長は、大きなため息をついた。

「とがのき茶屋」の前では、妙子が、

「留爺ちゃん、どうして保育園のお楽しみ会に来てくれないのよう。老人クラブの皆さん来てくれるのに」

保育園の園児発表会に、老人クラブの会員を招待しているのだが、留爺さんが欠席することをなじっているのだ。

「わしも行きたいのやけれど、ちょうどその日に、本社の大嶺社長さんが十何年かぶりに、こちらへ来られるんでな。行くに行けないんだよ。——それにしても、浩太郎社長さんに会えるって懐かしいな」

「そう、それだったら、しゃないわ。けれど、社長さん何しに来るん？」

「山の売買で、現地調べや。あの方って忙しい人やから、とんぼ返りやて」

調理場で庭先の話を聞くともなく聞いていた梅乃は、〝コウタロウ〟と聞いたとたん、手を休め、二人の会話に聞き耳を立てた。しばらく聞いていた梅乃は、大きくため息をつき、

「もう忘れていたのに、なんでまた顔を見せるのよう。浩太郎さんってば」

と、独り言を言い、袖で涙を拭っている。梅乃は思い浮かべるような表情になり、軽く乳房をなで上げる動作をし「もう全てを忘れていたのに」と呟いた。が、急にかなり激しく首を横に振り出した。梅乃の耳には、子供のやじる「やーい、やーい。父無し子(ててなご)やーい」の声が蘇ってきたのだ。

「やっぱり駄目よ。許せないわ。許せない！」

と、かなりはっきり声に出している。そのとき妙子が入ってき、梅乃の挙動を不安げに見ている。梅乃が泣き声になって叫んだ。

「許せないよーったら！　浩太郎さんっ」

妙子は、不安げな表情をしたものの、切なげに呻く母の姿に、何かを感じ取ったのだろう、そっと調理場を出た。調理場からは、梅乃の嗚咽が漏れてきた。


大月興信所の応接間では、岳之進がテープを聴いている。テープには、はっきりした音声が流れている。空岳の声だ。

「熊野古道は禁猟区となっているが、周辺は格好の狩り場なんだ。イノシシを狙ったのだが、誤って人に当たってしまった、ってことだよ。いいな。標的は百七十五センチの中年男性と、百五十五センチの派手な女……」

と、暴力団の殺し屋に、殺人依頼したときの会話だ。大月所長はレコーダーのチップを取り換えている。次は、女の声だ。幾分くぐもった声だが、聴き取りには十分だった。

「弟も釣りに目がないから、二人を誘えばいいのよ。釣りって、たまには岩から落ちることもあるんだってね……」

と、ささやいている。

岳之進は涙ながらに、

「貴子といい、空岳といい、なんと恐ろしいことを」

と言ったきり、口をつぐんでしまった。腕組みをしたまま、時々涙を手の甲で拭っている。大月は声を掛けることもできずに坐ったままだ。

「この写真といい、このテープ。全てはわしの子育ての失敗」と呟き続ける岳之進に対し、大月は「いやはや」と相槌を打つより致し方なかった。

しかし、頃合いを見計らって、報告は自分の義務とばかり、姿勢を正して言った。

「もう少し報告しなければならないことがあるのですが、とりあえず、写真を焼いた元のビデオをごらんになりますか」

「いやいや、ここまで調べ上げてくれてありがとう。ビデオは結構」

「空岳様は、まだあの暴力団から縁が切れていなく、どうやら上納金を毎月三十万円ずつ納め続けていますが……」

「うむ……。そうか」

「貴子様は、岩田様以外にも、お付き合いされているお若い方が……」

と、大月は報告しながら、別の写真を机の上に取りだした。岳之進はそれを振り払うように、

「もう……いい。もういい。フーッ」

と、肩を落とした。いたわるように見つめている大月の前で、岳之進は嗚咽を始めた。

大月はテーブルの上に置かれている写真やテープを、それぞれ区分けして、三つの袋に詰め分けている。その袋を静かに、岳之進の前に差し出した。岳之進は涙を拭くと、急に

背筋を伸ばし、

「見苦しいところをお見せしてしまった。ひとまず今日までの分、これで精算願います」

と言って、札束を差し出した。

「まだ、尾行調査を続けますか」

「どちらも、行動を起こす気配が濃厚なので、しばらく続けてくださいな。費用は遠慮なく請求してくれて結構ですから。それに、すまんことやが、これを全部焼き捨ててくれませんかの」

と、岳之進は先程差し出された三つの袋を、大月の前に差し戻した。

八　山人の仁義

岳夫は、汗を拭き取っているタオルの中から、留爺に向かって、

「ちょっと休ませてくれないか」

と、音(ね)を上げた。

岳夫は山の際目杭を打つため、隣接所有者の立ち会いを求めて、三日前から山の中を歩き回っている。まだ二十歳代の岳夫といえども、さすがに三日目の午後ともなれば、目がかすんできた。

「この次の立ち会いは、いつからだったかな」

「はい、三時からです。でも、地元の人なので、少しくらい遅れても差し支えありませんから、少し休憩を取りましょうか」

「そうしてくれれば、ありがたいのだが」

留爺は息子の政男を通じて、随行していた測量会社の関係者に、二十分の休憩を伝えた。

岳夫は、政男が差し出す茶を旨そうに飲みながら、

「留爺さんって、八十歳を超えているのに、よく頑張るねえ」

と、感心している。今回の杭打ちに最初から、つきっきりで立ち会っているのだ。稜線では、夏の直射日光が頭や首筋に容赦なく降り注ぐし、風が通らない場所だと三十五度は超すだろう。場合によっては体温より高いかもしれない。

深山では、夏でも涼しいとよく言われるが、それは谷風の通る木陰で言われる言葉で、直射日光は、どこであっても、分け隔てなく降り注いでくる。

本来なら、山の測量などの現地作業は、秋の落葉後、雪が降るまでの間が、最も適している。葉が落ち、見通しが利きやすいのと、気温が山中での労働に適しているからだ。

だから、今回の境界確認作業についても留爺は、時期を二、三カ月遅らしてはどうかと進言した。ただ、岳之進はなるべく早く作業を終えたいと主張し、その異常な迫力に圧倒されて、山へ入った経緯がある。

また、立ち会う岳夫にとっても、銀行融資課長として、長期間休暇を取ることは不可能であったから、夏期休暇を利用できる七、八月に実施せざるを得なかった、という背景もあった。こんな事情から、猛暑の下での作業になってしまった。

岳夫の日程に合わせ、留爺と政男が手分けをして、隣接所有者の立ち会いを交渉したのだが、大半の人は「夏の盛りに山に入るなんて、無茶な」と、断ってきた。その報告を受けた岳之進は、相手方に自ら電話をし、説得を続けた。


近露の在所から見下ろした谷間に、日置川の支流が流れている。蛇行した浅瀬に、格好の水浴び場があるが、昔は淵となっており、熊野の霊域（れいいき）へ入る際の禊（みそぎ）の場であった。ちょうど近露王子の裏手に当たる川原だ。

人生に傷つき絶望した人々は、熊野の御霊（みたま）に現世の救いを求め、滝尻王子から三千六百峰先（多くの峰々を越えた遠方）にある熊野へお参りする。この地から熊野本宮大社の霊域に入ると言われているが、近露はその参詣道の中途にあり、禊ぎの場所だ。

岳之進は、その川原で早朝、午後、夕刻と三回も入水（にゅうすい）した。この川水は、山深い渓から流れ出ているだけに、夏といえども凄く冷たかった。岳之進はその流れの中央まで進み、首まで身を沈めている。

この場所は、浩太郎が山林監督者として赴任していたとき、夏の宵にエビすくいを楽しみ、また民宿の梅乃と睦み合った場所でもあった。

子供たちは、流れがカーブし、その懐となって水流がゆるんだ浅瀬で遊んでいる。浅瀬では日光が降り注ぎ、水が温まっているからだ。

その中に、水着姿の亮子と里佳がいた。大きな麦わら帽子をかぶった亮子は、水深二〇センチばかりの浅瀬に足を投げ出し、その両足の中で里佳を遊ばせている。里佳は嬉々として、亮子の腹に水を掛けている。

三人は、岳夫が夏期休暇を取り、境界確認の作業をするのに付いて来、この近くの民宿に泊まっている。岳夫が勤める銀行では、一週間の夏休みがあり、職員間で日程を調整しながら交互に休ませてくれるが、亮子や里佳にとっては願ってもないバカンスだ。

日程調整が済んだとき、岳之進は「自分は山には入れないが、岳夫家族と一緒に行きたい」と望んだのだ。勿論、岳夫や亮子に異存がないから、二つ返事で了承した。

岳夫は、先程来続く地元住民と留爺の激しいやりとりを静かに見守っている。地元住民が主張する、際目となる分水嶺を、留爺が「位置がずれている」と抗議しているのだ。

昔からほとんどの山は、稜線と分水嶺を際目とする、きわめて大まかな地割りだった。世代が変わっても、長子のみ引き継ぐ家督相続がほとんどだったから、特に問題が生じなかった。

　しかし、戦後の民法は、子供たちが均等に相続するようになって、土地そのものが細分化される傾向になってきた。仲の良い兄弟たちであったなら、分筆することなく、持ち分登記して相続した。しかし、兄弟の誰かが早く金を欲しがる場合、処分の関係で分筆をせざるを得なくなってきた。

　今、立ち会っている地元住民の一人は、親父から聞いた際目は東側の分水嶺であった、と主張している。留爺は、それは会社の所有地にまで食い込んでいる、西側の分水嶺が正しいと主張し、意見が対立しているのだ。どうやら、この兄弟も財産分けでもめているらしく、そのうちの一人が、

「兄さん、そんなに広いんだったら、兄さんが一番多いなあ。わしら損しているがな」

　と、内輪もめをし始めた。

　留爺はおもむろに、最も強硬な意見を主張する男に質問を始めた。

「おまはんが、一番上の兄さんか。――確か、爺さんは炭を焼いておったなあ」

「ああ、親父の焼く備長炭は、質の良いので名が通っていた」

「そうなんよ、堅くて良い炭を焼いていた」

「で、それが、どうしたというの。そんな昔のこと聞いて……」

「その炭焼き小屋、どこにあったか覚えているかの」

「際目渓（さいめだに）の広場に窯（かま）をついてたよ」

「その窯のあるところよ、際目の渓は」

どうやら相手方は、留爺の質問の目的が分かってきた。

「そんでな、その窯跡（かまあと）を探してみようじゃないか。そしたらお互いもめなくていいんでな」

と言いながら下草茂る渓道を歩き始めた。

ものの五分も歩かないうちに、崩れかけた炭焼き窯が見つかった。

「兄さんら、これで際目がこの渓ってこと、分かってくれるな」

これでは相手方も文句の付けようがない。岳夫は留爺の記憶力の良いのと、臨機応変にさばく力量に感心した。


岳之進は、焼けた石に川水をうち、里佳を抱えて坐った。

「さ、ちょっと身体を温めましょうか。ねえ、里佳ちゃん」

岳之進は、山深いところでの水遊びは、自分が感じるより体温が奪われ、冷え腹になって下痢をしたり腹痛を起こすから、意識して身体を温めろと、亮子に教えている。特に幼子は、夜間に高熱を出す場合が多いから、親が気を付けてあげねばならない、と言い添えた。

「そうれ、里佳ちゃん。これでお石のだるまさん」

と、川原の丸い石を積み重ねており、里佳も小さな手で石を拾っている。

「おじいちゃん。留爺の迫力ったら凄いんだよ。今日は三件もトラブってね。どれも巧く収めてくれたの」

亮子は岳之進に酒を注ぎながら、

「そう、そうなの」

と、相槌を打った。

「留爺の言うのに、立ち会いを求めた場合、相手方は優位に立った気分になり、エゴが働くんだって」

「そうなんだ。何事によらず、求められた側は、求める側より強気になってね。土地でも売ってくれと頼みに言ったら、ここまで来い、って、地価を引き上げられるようなもんでな」

「境界確認立会証明書に印をもらわなくっちゃ、法務局が受け付けてくれないんだって。その印を押してもらうときに、恩を着せられるようなんだ」

「そうなんよ。正直、ほとほと困る場合もある」

「でしょう。今日のケースはね、渓筋が際目となっていたんだが、うちの持ち山の中に、もう一本の渓があるので、その渓が境だ、って言い張るんですよ。最初のケースは、際目渓の窯跡を見つけてけりとなったんだけれど」

　岳之進は大きく頷いている。

「もう一つのケースは、同じように渓違いが原因でもめたんだが……。ただ、相手がこの地に住んでいない不動産屋のようで、威圧的に言うんですよ。場合によったら法廷で争っても良いとね」

「最初から、裁判沙汰にするってか」

「それを聞いた留爺は、猛烈に怒りましてね。測量の人たちもびっくりするほど、大きな声だったんだ」

「というと、どんな理由で？」

「たまたま、十数年前に土砂降りの雨に見舞われて、際目渓で山津波が発生し、渓が大荒れしたんだって」

「それが、どうして怒る原因に？」

「それを復旧するために、県が砂防堰堤を設けてくれ、その工事費の一割を地主が負担せねばならなくってね。際目だけに負担について相手さんと話し合ったところ、被害面積が大きいという理由で、うちの会社が支払っておったの」

　その堰堤のあるところが際目だということになって、相手も納得したのだった。現地を調べた結果、確かに留爺の言うとおり、現場には堰堤があった。

「なーるほど。留爺、良いところに気づいてくれた」

「そこからの迫力って凄かったんだ。お前らの山だったら、当然お前らが負担しなければならないのだが、払った記憶があるか、払っていたのだったら領収書を見せろって」

「なーるほど。当然だわな、留爺の言うこと」

聞き入っていた亮子が、岳夫に向かって、

「で、どうしたの、相手の人」

と、尋ねた。

「今日のことは、内分にしておいてくれと、懇願し始めたんだ。不動産屋としての信用を落とし、商いに影響するらしいの。留爺は僕に意見を求めてきたんで、その処理は留爺に任したの。そしたら、相手は何も言わずに、立ち会い確認書に印を押してくれたんだ」

「そうか、留爺に任してやってくれたか……」

と、岳之進は感心し、岳夫にビールを注いでいる。

「で、も一つは？」

亮子は続きを聞きたがった。

「もめたとき、際目木や際目石って大きな働きしてくれるんだな」

「それって、どういうこと？」

亮子は箸を止めて聞き入っている。

「際目石には、土地の表面に打ち込むのと、地中深く埋め込むのとがあるってこと、今日初めて知ったよ」

「そうなの？　でも測量杭って、地面に立てるものでしょう？」

亮子は、岳夫の言っている意味が分からなかった。

「今度のもめ事は、同じような樹齢の際目問題でね。この植林は大きな山全体を、植林専門の会社が引き受けたんだって。その後、持ち主が亡くなり、相続の際に関係者で大喧嘩したそうなんだ」

「うん、そんな話を耳にしたことがある」

「そんで、コンクリート製の際目杭を打って分筆登記し、その一部をうちの会社が買ったんだって」

「そう、そう。思い出してきた。浩太郎君が担当していたときだった」

「それを相手方の関係者がグルになって、留爺に、際目位置が違う、会社所有の奥深くが際目だと言い張ってね」

「で、留爺さんどうしたの」

「相手にしゃべらすだけしゃべらしたあと、怒鳴りつけたんだ。俺を納得させるような証拠があるかって」

亮子のみならず、岳之進も身を乗り出してきた。

「そうしたら、際目杭が相手の言う位置にあるって、ことになってね」

「そうか、それで現場は、どうなってた」

「みんな連れてね、相手の人たちの言う現場へ行ったの。確かに、そこには際目杭があったんだ。それを留爺が、じっと見つめていてね、腕組みをしたまま、一言も言わないんだ。僕にしたら、ちょっと心配になってね。留爺が間違っているのじゃないかなって……」

「そ、そりゃそうだろう。何も言わなかったらな」

「しばらくして、おもむろに全員を見渡してね、『お前ら山人の仁義を知っているか』と言ってね」

　岳夫は興奮気味に話しているが、二人とも理解がし難く、怪訝な表情となっている。岳夫は二人を説得するように続けた。

「『お前ら、何年山で暮らしておるんや。これをようく見ろって』と言いながら境界標識を指さしているんや。そしてね『この俺が何も言わない意味が分からないのか!』って。それは凄い迫力だった」

　岳之進は、どうやら岳夫の言っている内容が分かってきたらしく、頷き始めた。

「亮子ちゃんね、ほんとに腹が立ったときとか、相手に反省の機会を与えるときって、言葉が少ないほど説得力があるもんだ」

「するとね、急に相手方の皆さんが、ざわめき始めたんだ」

「な、なんで。うち、まったく分からないわ」

「そこからが不思議なんですよ。相手方は何も言わなくなってね。お互いばつの悪そうにし始めてね」

「留爺は、おもむろに宣言するように言ったの。『どうや。もう一つ掘り始めるか』とね」

「うん、分かった、分かった。さすが、俺が選んだ留爺だ。留爺、見事なり」

岳之進は拍手を始めた。

「おじいちゃん、それどういうこと？」

亮子は不思議そうに聞いている。岳夫が話を取って言った。

「僕も分からなかったんよ」

「その際目杭に、地中にも際目石が埋めているって、何かの目印があったんだな、岳夫」

「そ、そうなんよ。際目石には、地中に埋め込むのもあるってことなの。留爺はそれを掘り起こそうか、と暗に提案したのね。地表の境界標識を内証で移動されないために、用心深い人は地中にも埋めていたんだって。そのことは留爺がちゃんと心得ていて、今の場所と、最初の場所と掘って見ようと提案したの」

「で、相手は？」

二人は身を乗り出して聞いている。

「皆さん急に土下座しましてね……。境界標識の際目杭を無断で動かすと、刑務所入りだってね。留爺はそうしたくないから、わざと黙っていて、相手が引き下がるのを待っていたようなの」

「そこが立派。山人の仁義なんだ」

「そのとおりなんよ。相手の皆さん、こらえてくれと涙ながらに、嘆願し始めたの」

岳之進は、まだ拍手を続けている。

「留爺は、これも僕に意見を求めてきたから、それも留爺に任したってこと」

「留爺も立派だが、お前も立派。よう、任してやってくれた」

と、岳之進は涙ながらに岳夫の手を握った。

なんのことやら、亮子にはまったく分からずじまいだが、岳之進が感激するほど、夫の岳夫が良いことをしたようだ。


岳之進が寝入った後、亮子は岳夫に、おじいちゃんが感心して拍手をしたり、涙を流したりしたのはどういう訳だったのか訊(き)いた。

山の際目の表示には、一般的には伐採直後だったら、際目木を植えてはっきり示すことができるが、同じ樹齢で、そのまま育て続ける場合の際目は、境界の木を一部伐採するか、地表に境界標識の杭を打って、際目の表示をするのが通例だ。ただこの杭は、心ない人だったら掘り起こし移動することができるから、信憑性に欠ける要素がある。

その場合、両家の家紋を彫りつけた石を地中深く埋めておく場合があった。時には、両家の墓石の古いものを埋めた場合もあるそうだ。留爺は、ここには際目石が埋め込まれているから、全員立ち会いのもとで掘り起こそう、と言ったのだ。ただ、山関係者の間では、際目石まで掘って間違っていることが確認されたら、きわめて不名誉であるとの認識があった。

また、理由もなく境界杭を移動させることは、所有権侵害や、窃盗などの刑事事件として処罰されるそうだ。

留爺は、関係者の誰かが、地表にある際目杭を移動させたことを見破ったものの、こちらから追及し、前科者にしたくなかったから、反省の機会を与えたのだった。こちらの意図するところをくみ、自主的に反省しなさい、っと、山人同士の情けを掛けていたのだ。山人の仁義、とはこのことを意味していた。

岳之進は、留爺がとった「罪を反省するならば、人は憎まない」との措置に感激したのだった。

「そう、留爺さんて、見かけは、よぼよぼだけれど、凄いわね」

「それでね、おじいちゃんが涙を見せ、しょぼんとしたのは、留爺の姿と自分の姿を比較して、自分が老け込んでいるのが、情けなくなったのだろうな」

二人は、黙ったまま寝酒のワインを口にした。

鬱蒼とした森の中、重なった枝からわずかに届く薄明かりの中に、高さ五十センチばかりの石像が建っている。牛と馬に跨って乗っている童（わらべ）の像で、これが牛馬童子像である。

「はーい、里佳ちゃんも、お馬さんと一緒の写真よー」

岳之進が、牛馬童子の側で亮子に抱かれた里佳の写真を撮っている。

「岳夫の夏休み、全部潰させて、すまんことやったのう。亮子ちゃん、ありがとうよ」

と、亮子に頭を下げている。

「里佳が、あんなにも川遊びに夢中になって。おじいちゃんも大変だったでしょう、里佳の付き合いで……。本当に楽しい夏休みでした、おじいちゃん、ありがとう」

岳夫は、リュックサックから、飲み物やお菓子類を出している。

「おじいちゃん、ようやくうちの山全部の境界杭、打ち終わったんで、来週からは業者が測量に入ることになったの」

「岳夫、ご苦労さん。長かったなあ、この作業。亮子ちゃん、杭の打ち込みは隣接所有者の立ち会いが要るから、時間が掛かるんよ」

「それにしても、留爺さんの見識の深いのと、迫力にはびっくり」

「事業はやっぱり人だな。会社の山の管理を任せて二十年余り。ほんによく守ってくれた」

「僕もそう思うよ。ほんとに信念のある人って、表に出しませんねえ」

「そこなんだよな、人は見かけで選んでは駄目ってのは」

「おじいちゃん、良い勉強させていただきました。今回は」

「でもさ、留爺も、あの気力がいつまで続くのやら。やはり、寄る年波には勝てないんでなあ。――お互い」

岳之進は、最後の言葉に声を詰まらせてしまった。自分の衰えの早さにショックを受けているのだ。

「留爺には、もう無理強いできなくってな。そんで息子さんに応援頼んだんよ。勿論、職員給与二人分相当の管理委託料を払ってはいるがな」

「はーい。おじいちゃんはウーロン茶。あんたは何にする？　冷コー？」

「それにしても、僕も会社と家の山、全部確認できて良かった。それに山の仁義とやらも、少しは分かってね」

「そ、そう言ってくれるか、ありがとうよ。それにな、俺は子供に還ってね、里佳とあるがまま、なせるがままの川遊びで、ほんとに心が洗われた気がする。ありがとうよ。亮子ちゃん」

岳之進は、流れてくる涙を見られまいとして、里佳を抱き上げ、里佳の背中で顔を拭いている。

民宿では、岳之進と岳夫が杯を重ねている。亮子は里佳を抱き、立ち上がった。

「おじいちゃん、二人でゆっくり飲んでね。里佳はもう眠いので、ねんねしてきますから。おじいちゃん、お休み」

「おやちゅみ」と口真似しながら出てゆく里佳に手を振り、

「はーい里佳ちゃん、おやちゅみ」

と送り出した。

「さあて、これで山関係は終わったか。あとは建物だが、これは登記で確認できるし、有価証券などは全部書類で分かるから……」

「おじいちゃん、なんやの。急にあの世へ旅立つようなことを言って」

「年を取ると、明日への自信が無うなってな。いつ惚けるかと思うと、心細くなってくるんだ。そんで、信頼のおける者に聞いてもらいたくって……」

「ふーん。そんなものかなあ」

「俺も最近おかしな気分になってきてね。年を取ると、自分の存在をと言うか、存在していた、って言うのが正しいのか、いずれにせよ、誰かに自分を知っていてもらいたくなるんだよ」

「そう？　自分の存在をね」

「特に、この熊野へ来ると、人間が素直になるっていうのか。——ありのまま受け入れてくれる熊野の優しさにふれるというのか、まったく不思議な気持ちになってきてね」

　岳之進は穏やかな口ぶりで続けた。

「それに、おばあちゃんと話をしているように感じるんだ。死者と生者が共に熊野古道という舞台で、この世と、あの世を往来しうるんだ、とね」

「おばあちゃんと話？」

「確か、昔の仙人は、不老不死の世界を求めて修行したが、行き着くところ、死者を生者のように扱って、修行の究極は死生の境を取り除くこと、って悟ったそうだが、なんだか分かるような気になってきてね」

「そ、そんなものですか。生死の境を取り除く、ってか……。伝説の本には、山で修行している仙人が、近くから般若心経を唱えている声が聞こえたから、現場へ行くと、ドクロが大きな口を開けて唱えていたって、書かれていたが、あながち出鱈目じゃないのかなあ……」

「仏教にも同じような思想があるんだよ。懺悔（ざんげ）や修行の究極は、生き仏だってな。生死の概念を超越した、異次元の空間があるって。無というのか、空っていうのか、俺にはまだ分からないんだが……。だるま和尚は、座禅をしながら般若心経を唱え、その姿のまま息を引き取った、と言われていてね。――また、歴史上の事実として、この熊野古道にも渡（と）海上人（かいしょうにん）がいてたんだ」

「渡海上人？」

「那智の浜に補陀落山寺という寺があってね。そこで身体を清め、那智の浜から棺を乗せた小舟に乗り、修行僧が木箱の中でお経を唱えながら、沖に向かって突き放され、浄土を目指して死出の旅に出たんだ。——渡海上人の話は、弘法大師が修行した四国にも数例あるそうだ」

岳之進は、うつろな瞳を天井に向けて呟いた。

「般若心経って、無や空さえ乗り越えた仏典で、文字数はわずか二百六十二文字しかないが、説くところは奥が深く、我が国では仏教関係者のみならず、神道や修験道関係者も神髄しており、よく唱和されているんだ」

「無や空を超越した思想って、僕にはチンプンカンプンで分からないが、確かに古道歩きで大峯奥駈道なんかに参加すると、山伏たちが靡き（神が鎮座しているといわれる場所）の前で、唱和していますね」

「うん、そんでな、おばあちゃんと約束したんだ。貴子と空岳の教育は、二人でやり直そうって」

「ええ？　二人で？」

「俺たち夫婦の、共通した課題なんだ。生死の境を超えて、おばあちゃんと俺とは共通の反省に立って、懺悔しようって」

「そ、そう？　生死を超えて懺悔ですか」

「少なくとも、俺たちの子育てのまずさが、彼らの心に傷をつくってしまったのだから、あの二人に償う必要がありはしないだろうかって」

　岳之進はそう言って、視線を空に浮かせた。

　岳夫は、岳之進の言っていることのほとんどが理解し難かったが、ただ、子供二人の教育に失敗し、自責の念に駆られていることは、ひしひしと感じた。


　岳之進は、岳夫家族を帰らせ、松茸のネヤを探しに行った。まだ八月では、収穫の時期には少し早いのだが、ネヤそのものの具合を見たかったのだ。留爺が案内すると言ってくれたが、一人でぶらぶらと見て回りたいからと、留爺の好意を断った。民宿の女将が作ってくれた弁当と茶の入ったサブザックを背中に、古道近くの松林に入った。

　いつもだが、岳之進は山に入るとき、必ず携帯無線機と携帯電話を持って入った。最近の機種は性能が良くなってき、交信の明瞭度がアップしたのみならず、ますます軽量となってきたから、持ち運びが便利になってきた。バッテリーも結構長持ちし、中継局を利用して、通信兵仲間とも交信できた。

　熊野の尾根筋では、熊野古道の一部である大雲取りの舟見中継所を経由して、徳島のレピーター（中継機）を利用すれば、近畿圏はほとんどクリアーできた。また携帯電話も、一九九九年に開催された世界熊野体験博の際、山中における、レスキュー隊の緊急手配用に、衛星電話とＮＴＴの携帯電話を用いたが、その際、アンテナを古道沿いに数多く建てた関係で、古道の要所要所の稜線で利用できるようになった。

だから、山の管理人親子も、岳之進が高度な無線技術を持っていることと、携帯電話の利用ができたから、あえて単独で山中に入ることを止めもしなかったし、案内を断ったことに対しても、気にしなかった。

岳之進は尾根筋に出るとすぐ、携帯無線機を取りだし、通信兵仲間と交信を始めた。

「こちらＪＱ３ＷＬＩ、どなたかウオッチ（受信）されていませんか。こちらＪＱ３ＷＬＩ」

「感度良好、こちらＪＥ３ＱＬＴ。小隊長殿の現在位置は、いずこでありましょうか、こちらＪＥ３ＱＬＴ。どうぞ」

「ＪＥ３ＱＬＴ、早速の応答ありがとう。現在位置、紀州熊野の高原熊野神社近くの尾根筋。貴殿の現在位置は？　こちらＷＬＩ」

「ＪＱ３ＷＬＩ、不安定だった徳島のレピーターの調子が回復した模様、感度明瞭。こちらは自宅の新しい無線機テスト中。そちらへの感度、いかがなりや、こちらＪＥ３ＱＬＴ。ＷＬＩ、どうぞ」

「当方も感度良好。これより松茸のネヤ探しに山中に入る。電波不通箇所につき、これにて送信終わる。松茸は涼しくなる二カ月後には姿を現すので、それまで待たれたし。ＪＥ３ＱＬＴ。こちら、ＷＬＩ」

「ＪＱ３ＷＬＩ、山中に入られるとのこと了解。松茸の件、当方肉を用意して待つ、期待大なり。山中での安全を祈念する。こちらＪＥ３ＱＬＴ」

雑木林の茂った中に赤松が混在している。谷間の地面には倒木が多く、その周辺を見て回る岳之進だが、倒木に生えているキノコを見て、やっぱり昔のままだった、と呟いた。いろんな形や色をしたキノコ類が群生している。わしの思ったとおり、ここはキノコ類の宝庫と、言いながら、鼻を近づけ匂いをかいでいる。

「これだけあれば十分じゃ」

キノコを見続ける岳之進。

湿気の多い谷あいから、ゆっくり斜面を登り始め、赤松の幹にたどり着いた。根上がりとなっている部分の枯れ葉の付近を、手にした登山用ストックの先で軽く落ち葉をかき分け鼻を近づけた。

「まだまだ早いか。二雨か三雨が降ったら出てきそうだな」

と呟きながら、あちこちの根元をかぎ回っている。

九　策を巡（めぐ）らす

大嶺家の台所では、若田安江が料理の下ごしらえをしている。安江の夫は、大嶺建設株式会社土木課の課長補佐だったが、工事現場の事故に巻き込まれ、腰椎損傷で下半身不随となってしまった。労災保険で補償はされているが、二児を抱えて、補償金だけでは教育費の捻出ができず、実情を知った岳之進が、安江を家政婦として雇っている。幸い、邸内に空いた倉庫があったから、住宅に改造し、家族ぐるみで住まわせている。

安江はネギを刻みながら呟いた。

「今夜も大旦那さん、お一人の寂しいお食事」

一応、料理は三人分作る。浩太郎は夜遅く帰ってきても食べるが、貴子はほとんど食べていない。だから、翌日安江が自分の家に持ち帰って消費しているありさまだ。

そのとき、玄関から車のホーンが聞こえてきた。いつも運転手が気を利かして、帰宅のサインとしてホーンを鳴らしてくれるのがありがたい。だから、万が一、安江が自宅に戻っていたときでも、玄関へ迎えに来ることができた。

「あれっ。奥さんがもうお帰り？」

と、独り言を言いながら、安江は慌てて手を拭き、玄関へと小走りで出ていった。

貴子が入ってきたが、安江は驚いたように声を掛けた。

「奥様、こんなお時間にどうされたの？」

貴子はにやりと笑いながら、皮肉った。

「主婦が、今頃帰ったらおかしい？」

「いえ、いえ、滅相（めっそう）もない。どこか、お加減でも悪いのか、と思って……」

その言葉を聞くと、貴子は大笑いした。

「ハッハッハ。そうか。お父さんが言っていること、無理もないか。主婦たる者、夕食時には帰っていなさい、ってね。たまに早く帰ると病人扱いか」

きょとんとしている安江を、貴子は見下ろしていたが、そこへ岳之進が覗くようにしながら出てきた。

「我が家に、貴子の話し声って珍しいね」

「噂をすれば、お父さん」

「どうしたんだ。今頃」

「この間、たまには早く帰ってこいって叱られたので。だからなの」

貴子は手を洗いに、洗面所に向かった。

「お前が俺の言うこと、そんなに素直に聞くかな？」

「言えてる、確かに。実は空岳とあの人、明日、会社の岩田に運転させて、釣りに行くんですって」

貴子のはずんだ声が聞こえてきた。

それを聞いた岳之進の顔色が急に変わった。そして小さく「とうとうやるのか」と、呟いた。

貴子は居間に入ってきながら、

「それでね、空岳の言うのに、仕事仕事では息が詰まってくるんでね。兄貴にも息抜きをしてもらわないと、こちらが持たないんだ、とね」

「うん、そういや、そうや」

「安江さん、よろしく頼むわね。うちの人も、釣り道具の準備があるんで、早く帰るって。久方ぶりに親子でわいわいとやりますか。お料理は急なことなので、適当に見繕ってくださいな」

岳之進は上の空で聞き、放心している。

「うん、それもいい」

と言い、自分の書斎に向かった。それを見送る貴子の顔には、含み笑いが出ていた。

岳之進は書斎の安楽椅子に深々と坐り、

「いかん！　絶対、あいつらに、そうさせてはいかん」

と、目に涙を浮かべて、仏壇に語り掛けている。

「ばあさんや、とうとう、貴子がやりおるわ。とんだことにならねば良いがのう」

大嶺家では先祖代々の位牌は、仏間の大きな仏壇にお祀りしているが、岳之進は連れ合いだけを自分の居間に分祀している。

その訳は、衰弱しきった身体で、一文もなく復員してきた岳之進は、彼女の励ましと支えで今日があるからだ。

彼は、皇国主義一辺倒で育てられたから、内地へ復員したときは、思想的にも経済的にも、どうにもならない状態だった。戦時中は全てがお国のため、天皇のために尽くすのが国民の務め、と言われてきた。それが戦後は、主権は国民にあり、と言われても、頭は混乱し、民主主義や資本主義の考え方が理解できなかった。また収入がなく、日々の生活は空腹との戦いであった。

そんなとき、復員局の係官が、営林署の山林保安要員にならないか、と勧めてくれた。戦時中に荒れてしまった山の管理業務をしながら、弱っている身体はもとより、精神的にも、経済的にも立ち直れ、と勧めてくれたのだ。

そうして営林署の現場職員として、植林や下草刈り作業などすることになった。しかし、弱っていた身体と精神的混乱は、簡単には回復されず、きわめて不安定な生活が、しばらく続いた。そのようなとき、何くれとなく励まし、世話をしてくれたのが、営林署臨時事務員の多恵だった。彼が生きる意欲を持ったのは、彼女がいたからで、二人の間に愛が芽生え、所帯を持った。

相前後して、復員してきた通信兵たちは、軍隊で身に付けた電気知識と技術が、アメリカから送り込まれてきた電気器具の保守管理に役立つことになり、生活の基盤作りができた。駐留軍として、我が国に派遣された敵国兵士や家族から施しを受ける皮肉な現実であった。しかし、通信兵たちは、案外わりきって仕事をし、結構収入は多かった。

そのあと、我が国の通信体制の立て直しや、電気工場も復活し始めたから、彼らは電気技術者として活躍の場が与えられた。また彼らの一部は、復興の波に乗り、電気工事業や電化商品販売・修理に活路を見いだした。

都会で成功したものたちは、小隊長の岳之進が、山中で隠遁（いんとん）生活を送っていることを知り、街へ出てくるように、くどいた。電化製品販売会社の共同経営に加わらないかと、誘ってくれたのだ。

彼は山の生活に心残りがあったものの、多恵の勧めもあり、彼らの好意に甘えることにした。戦後の闇市経済や、朝鮮戦争景気に刺激された元兵士たちは、飽くなき利潤追求と、業務拡大に目がくらんでしまい、経済戦争における戦士と化してしまった。砲弾の下を、命を懸けて戦ってきた特攻隊精神が、ライバル会社を潰すことなど平然と行い、企業の鬼と化してきたのだ。

確かに、財産は面白いほど増えてきた。岳之進はその資本をもって、電化製品販売業から総合商事会社へと手を広げ、地方の商店街に殴り込みをかけた。生活にゆとりが出てきた住民の購買力はすさまじく、良い商品を安く、かつ品揃えを豊富にしたのだから、当然のごとく、客足は大嶺スーパーマーケットに向かって流れ、どの支店も繁盛した。

主婦を相手にする、スーパーマーケットの部門には、女性の視点で企画する必要があったから、多恵も事業に参加させた。支店やチェーン店拡大に当たり、多恵の意見を採り入れた。

多恵は、共働き時代を迎え、主婦は買い物に多くの時間がかけられないから、生活に関連するほとんどの品物を一カ所にまとめることを提案した。一つ屋根の下に多品種を品揃えしたから、消費者の評判は日増しに高まった。特に雨風や寒さに関係なく、楽しみながら買うことができたから、住民の購買力のほとんどを、大嶺商事が吸い取ってしまった。そのため、地元商店街は火の消えたようになり、倒産が続出した。

浩太郎が、現場の切り込み隊長として活躍したのは、その頃であった。特に浩太郎は流通の簡素化に取り組み、生産者や工場から直接仕入れたため、利益率も高く、決算期ごとに純利益が増大した。その利益を元に増資をし、新しい事業を展開し始めた。

新しく建設工事業、観光事業、不動産業、運送事業に進出し、業務を拡大させる一方で、関連企業全体の職員数も二千人を超してきた。

岳之進と浩太郎は、それぞれの分野で辣腕ぶりを発揮し、大コンツエルンを育てた。岳之進が第一線を引退した現在でも、その辣腕ぶりが関係業者から恐れられ、また倒産した地元業者からは、恨まれているゆえんだった。

多恵も、仕入れ担当重役として、品揃えなどに没頭した。だから、当然のごとく家庭は放任状態となり、子供二人の寂しさを癒すこともせず、小遣いを与えて一時をごまかした。その結果、子供たちがぐれた。学校や世間で持て余されるようになって初めて、多恵が家庭の崩壊に気づき、仕事から手を引いた。しかし、そのときは既に、貴子と空岳は修復しようもないまでにぐれていた。

岳之進は仏壇に向かって、話し掛けている。

「なあ多恵や、事は面倒な方向へと進みそうなんや。俺はどうしたら良いか分からないの……。何か良い知恵があったら、教えてくれないか」

呻いている岳之進の脳裏には、型枠など土木工事資材が乱雑に置かれた庭が浮かんできた。その庭先で、もんぺ姿（女性の和風作業ズボン）の母親が、浩太郎をよろしく頼みます、と米つきバッタのように、頭を下げている姿が、オーバーラップしてきた。借金の肩代わりを終え、浩太郎を婿養子にすることで話をつけた際の、母親の落ち込んだ姿である。たった一人の息子を、借金の肩代わりの代償に手放す母親の切ない心情が、今にして岳之進を苦しめているのだ。

「いかん。浩太郎君だけは絶対守ってやらなきゃいかん。亡くなったお母さんに申し開きができないや、なあ多恵」

手を合わせ続ける岳之進。

「それに、なんといっても、我が子を犯罪者にしたくはないしなあ。先祖にも申し訳ないが、あの子たちも可哀想や。なあ、ばあさんどうしよう」と、呻き続けている最中に母屋から、

「大嶺少尉殿。食事の用意ができたでありますす」

と、素っ頓狂な声で貴子が呼んでいる。

我に返った岳之進は、力なく立ち上がり食堂へ向かった。わずか十数メートルの渡り廊下が非常に長く感じた。

「まあ、今晩のところは明るく振る舞うより仕方がないか」

と、自分に言い聞かせている。


薄明るくなってきたころ、門灯が明々と灯された大嶺家玄関の車寄せには、ワゴン車が止まっている。助手席には、空岳が坐り、岩田がワゴン車の後部ドアーを開けて、荷物の整理をしているところへ、浩太郎が玄関から釣り道具を運び出してきた。彼の後ろを、貴

子は大きなビニール製の土産袋を提げてついて出てき、空岳に向かって差し出した。

「はい、お弁当と飲み物」

「グッモーニング、サンキュウベリマッチ」

「何よ。その言い方」

「教養が自然とにじみでてきてね。お姉様」

「教養ね、空岳に？」

そのときである。屋敷の奥から、大きな声で呼ぶ声が聞こえてきた。

「おおい、おおい！」

聞き耳を立てている浩太郎と貴子、声は中庭から聞こえてきた。岳之進の悲痛な叫び声である。

「く、苦しい。浩太郎君、浩太郎くーん」

「会長、何事？」

浩太郎の顔が緊張している。

「く、苦しいー！」

浩太郎は小走りで中に入っていき、その後を貴子もついて走った。

中庭から渡り廊下に沿って走ってきた浩太郎が、靴を慌てて脱いでいる。

「苦しい！　浩太郎君、助けてくれー」

浩太郎は、蛍光灯の豆球だけが点いた、薄暗い岳之進の寝室に飛び込んだ。

「会長、どうされたの？」

「ウウ、ウウッ、苦しい！」

岳之進が、布団を抱くようにエビ状になって呻いている。

背中をさすり始めた浩太郎、そこへ貴子も入ってきた。

「ウウッ、苦しい！」

「お父さんどうしたの。また胃痙攣（いけいれん）？」

「ウーン、フーッ。苦しい！」

浩太郎は、岳之進の背中をさすりながら貴子に向かって、叫ぶように言った。

「お前、あれら二人で行くように言ってくれないか。会長が、こんなに苦しんでいるんで」

「でも、お父さんだったら、うちが面倒見るわよ」

「何はともあれ断ってきてくれ！　待たすと一番船に間に合わなくなるから。あれら、せっかく楽しみにしてるんだ」

貴子は、しぶしぶ出ていった。

「苦しい！」

岳之進は引き続き、体を折り曲げて、もだえている。

玄関に出てきた貴子に向かって、空岳が聞いた。

「どうしたの、何があったの？」

「お父さんって、大げさな！　胃がちょっと詰めたくらいで、唸っているの。いつものことなのに、うちの人、真に受けてうろうろしているわ」

と、貴子は他人事のように言った。

「放っておいても、良いのんか」

「あの持病、すぐ治るわよ。浩太郎に甘えてからに。そんで、あの人、あんたらだけで行ってくれって」

「そ、そう……」

岩田が運転席から降りてきて、貴子に向かって妙なウインクをしながら言った。

「副社長。社長は釣りに行かれないんですか」

「と、言うことになって……」

空岳が仲を取り告ぐように言った。

「親父、持病の胃痙攣の発作やて。そんで社長は看病するって」

「そりゃ大変！」

「だから、釣りはあんた方二人で行くように、って」

「岩田君、仕方がないわなあ」

岩田は大きく頷いている。

「じゃ、本社の専務さん。どうしましょう?」

「さーて。へへっへ。ちょうどよい。弁当もらってな」

「な、何よ。薄気味の悪い」

「ちょっとな。岩田君、今日この車貸してくれないか。へへっへ」

「ああ、結構ですけれど。車通りで下ろしてくれたら、私タクシーで帰りますんで」

「ラッキーカムカム。サンキュウベリマッチ」

「岩田さん、ごめんね。早くから車を出させておいて。みんな勝手なことを言うんだから」

「会長のご病気だから、致し方ないですよ」

「空岳、また、あばずれ女を引きずり込む気だな。懲りもせずに」

「へへへ。行動は秘密」

「ごめんね、岩田さん」

貴子は、意味ありげなウインクを岩田に投げている。空岳が運転席に移り、車は出ていった。

貴子は、せっかくのチャンスというのに……と、ぶつぶつ言いながら、肩を落として中へ入っていった。

岳之進の寝室では、苦しむ岳之進の背中を浩太郎がさすり続けている。

廊下から貴子の声がした。

「釣りは中止、って。空岳が、また訳の分からないあばずれとおデイトに行く、って言い出し、岩田君の車を取り上げてね」

「そういうことになったのか」

貴子は、部屋を覗きもしないで、

「どれ、昼まで寝ましょうっと」

足音が遠ざかっていった。

岳之進は、浩太郎に詫びている。

「フーッ。幾分和らいできた。浩太郎君、心配掛けたな。胃痙攣って痛いものでな。もう大分楽になってきたから、さするの、もういいよ。せっかくの釣り、台無しにさせてしまって、すまんなあ」

「念のため、後で病院へ行ったらどうですか。お送りしますから」

「うん、そうしよう。君、もう休んでくれ。ありがとう」

「じゃあ、病院へ行かれるときに、声を掛けてください」

浩太郎は、布団をかけ直して出ていった。岳之進は、浩太郎が部屋を出たのを確認したあと、布団の中から仏壇に向かって、片手拝みしながら、

「多恵や、何はともあれ今日のところは、これでしのげたがなあ……。あとあと、どうしよう」

と言いながら、布団に潜り込んでしまった。

十　陰のあるツバメ

和歌山市内の最も大きい繁華街である築地も、最近の不景気の影響か、人通りが案外少ない。それでもソープランドやカラオケ、スナックの灯が消えないのは、この地方はそれなりに経済基盤がしっかりしているのかもしれない。

その一角にある、カラオケバーの個室では貴子が、若いツバメとデュエットしている。掛け合い部分では、お互い顔を見合わせ、ウインクしあっている。

「ありがとう、雅巳先生。ああ、これで、すかっとした。さすが、神経内科の先生、ナイスケアー。もやもやが吹っ飛びましたよ、これで、これで」

「お互い様で。今回は本当に助かりました」

「先生、ネバーマインド。これで一件落着。というところで、冷えたのを一杯」

と、貴子は青年にビールを注いでいる。

「それにしても、先生も見かけによらずお盛んね。世間にばれないうちに処理できたから良かったものの、今後は若い女には、ちょっかい出さないことよ。立派な医長候補っていうのに」

「本当に助かりました。それにしても、ちょっと結末が……」

「幾分手荒かったけれど、ああでもしなければね。——でも仕方がないわ、自分で展望台から足を踏み外したんだもの。それにしても先生、若い子は、見境もなく命を懸けてくるってこと、肝に銘じておくのよ」

「まさか、一緒に死にたい、って病院に乗り込んでくるって……」

「そういうことなの。若い子は一途だからね。今後一切、若い患者には手を出さないこと。分かった？　先生！」

「はあ、まあ」

俯いたまま曖昧な返事だ。

「ただし、私だけは別」

と、言いながら貴子は、青年の太股(ふともも)に手を這わせた。青年は一瞬、びくっと痙攣(けいれん)したように身を引いた。貴子は青年の顔を覗き込みながら、鼻にかかった声で言った。

「ねえ、先生。この間お願いしたクスリ、手に入った？——猫の鳴き声って、まったくうるさいのよ、ぎゃあぎゃあと。特に最近、さかりがついてるから、あの、独特の鳴き声を聞くと、身震いがしてね」

「でも、本当に自分で処理できる？　天ぷらに、ほんの少しだけ注射しておけばいいんだから。よく効くから、ほんの少しだよ」

と言いながら、ポケットから小さな瓶を取りだした。貴子は受け取り、自分のハンドバッグに大事にしまった。

「屋敷が大きいと、どうしても捨てやすいのでしょうね。もう十匹以上棲み着いているかしら。猫って敏捷でしょう、なかなか捕まえられませんものね。致し方ないの、このクスリを使うの」

「でもよく、これを使えば苦しまないで殺せる、ってこと知ってましたね」

「ご近所で、やっぱり同じことで悩んでいた方が、これを使っていたの。この筋肉弛緩剤が、最も苦しまないって」

「じゃ、くれぐれも取り扱いには気を遣ってくださいよ。それに僕から受け取ったことは、絶対内証にしてくださいな」

「勿論。これで、夜もぐっすり眠れそう。あの声って本当に、神経に障るのよ。先生、ありがとう」

と、言いながら、貴子の手は青年の股間を這っている。青年は興奮が抑えられなくなったのだろう、貴子を背中から羽交締めし、唇を首に這わせ始めた。

大嶺興産副社長室では、机に坐っている貴子に向かって空岳が自慢がてらに語りかけている。

「産業廃棄物処分場に、うちの禿げ山をって、取引の打診があってね。一応、指し値は、一億五千万円だって。持っておっても使い道のないのが、二億じゃない一億五千万円だから、いい話だろう。副社長様」

「蛇の道は蛇って、お前はよく儲け話を摑んでくるね。でもまた、五千万円ものへそくり作ろうって魂胆じゃないの？　見事に荒稼ぎするねえ。今、言い直したから分かったわ」

「ばれたか、姉貴にはかなわないなあ。まあ、多少の手間賃は頂くけどさ。姉貴にも分け前お渡ししますから、会長と社長の前では黙っていてな。優しいお姉様」

「な、何が優しいお姉様よ。ピンハネ常習犯のくせに」

「大嶺家たった一人の御曹司っていうのに、大嶺家の財産、全然自由にさせてもらえないんだから……。多少の小遣い稼ぎは、生活の知恵ってやつ」

と、空岳は上目遣いで貴子の顔を見た。

「ま、いいか。社長はこの頃、目が利くから、うまくやりなよ。その代わり、口止め料をはずんでくれなくっちゃ」

「それでね、社長と副社長に、処分地の下検分をしていただいて、決済を受けようと思うんだ」

「ほほー。なかなか殊勝なことを。納得のうえで、ご決済を、ってか」

「社長ね、最近僕を警戒してね。何事も、なかなか首を縦に振ってくれないのだから……。現地視察の日程調整頼むよ」

二人のひそひそ話が、かなり長く続いている。

十一　役員総入れ替え

書斎で、浩太郎が岳之進に向かって図面を広げて説明している。

「産業廃棄物の最終処分場に、この渓を使いたいって話なんです。確かに、植林用には無理なガレ場なんですが」

「産業廃棄物処分場になあ」

「焼却した後の灰を、コンクリートでブロック状に固めて、埋め立てるんですが。ただ、あそこの山や渓は、手つかずの所で、自然が一番残っている所なんです。それがちょっと気に掛かり……」

「それにしても、あの付近の底地の相場からすれば、せいぜい五千万円くらいだろう。それを一億五千万円で引き取りたい、となあ」

「産業廃棄物の最終処分場は、全国的にも確保が難しいんです。住民の反対運動で潰されてしまうんで、こんな山奥まで手を伸ばしてきたのでしょうけれど」

「そうだろうな、多分。全国至る所でもめてるからなあ。それにしても、この件、誰からの話？」

「専務からで、付き合っている産業廃棄物業者からの、たっての頼みだそうで……」

「専務ねえ」

岳之進は、気のない相槌を打った。

「それで、使い道のない山ってこと確認のうえ、判断してくれって。確かに、私も長いことあの山には入っておらず、現況に詳しくないのですが」

「現地踏査のうえで、ってか」

そのとき、岳之進は何事かに気づいたように、急に目を光らせて、確認するように言った。

「うーん、専務が現地踏査をねえ」

「取引する、しないはさておき、一応専務の顔を立て、現地を見ておきましょうか。境界確認の意味もあって」

「専務の顔を立ててか」

「副社長にも納得しておいてもらいたいんだって。大嶺家の財産を処分するんだから、あとで苦情を聞きたくないからって」

岳之進は、腕組みをしたままで、深呼吸をして呟いた。

「現地踏査に、貴子もねえ」

「日程は、来週の木曜日くらいにしようかと思っているのですが……」


梅乃はお客に出す山菜採りに、今日も採取籠を背中にして山へ入った。熊野古道大門王子の赤い社殿の前を通ったとき、中年の夫婦連れが、礼拝をしているのが目に入った。多分、男の体調が悪いのだろう。婦人がタオルで汗を拭き取っている。礼拝が終わったのか、女がリュックを担ぎ、男の背を抱きかかえるようにして立ち上がらせた。すれ違った婦人は、梅乃に軽く会釈し、

「高原熊野神社まで、かなり遠いでしょうか」

　と聞いた。

「下りばかりですが、普通に歩けば、半時間は掛かるでしょう」

と答えたが、それを聞いた婦人は、

「あんた、あと一時間頑張るんやで。そしたら民宿に着くからね」

と、時間を倍に増やして、夫を励ましている。男はただ頷いたのみで、ストックを頼りに、心許ない足取りで歩んで行った。

　夫を支えながら遠ざかる二人の後ろ姿を、梅乃はいつまでも見送った。この夫婦には、

何か特別な事情があり、心を癒しに熊野へ参拝したのだろう。体調が良くないのに、あえて道険しい熊野への参拝は、よくよくの事情に違いないと、他人事のように思えなかった。梅乃は既に孫のある身だが、未だかつて夫婦愛を経験したことがない。だから、睦まじい二人の後ろ姿に、つい見とれてしまうのだった。

梅乃自身は、世間から「親知らずの子を産んだ、節操のない女」として陰口を叩かれてきた身である。お腹が目立ってくるとともに、口さがない連中からは、民宿客をたぶらかし、何人かの男と接触があったのだろうとさえ噂された。

女将からは、くれぐれも、お客とおかしな関係にはなってくれるなと、厳しく注意されていた。当然のこととして、夕食の給仕や布団敷きなどの夜の仕事はさせてもらっていなかった。だから、身籠もっていても、事情を聞いてもらうことができない。

梅乃は直接、浩太郎に電話し、身籠もったことを伝えようとしたが、どうしたことか取り次いでもらえなかった。その頃の浩太郎は、新規店舗設置で飛び回っており、業務以外の取り次ぎを拒否していたときだ。そんな事情を知らない梅乃は、浩太郎が自分との接触を拒んでいると受け止めてしまった。

地元での嫌な噂に耐えかねたのと、浩太郎との思い出を断ち切るために、母一人置いて恩師の住んでいた名古屋へ働きに出た。恩師の計らいで福祉の援助を受けることができ、無事出産できたが、生活は厳しかった。子連れの働き場所はなく、福祉事務所の紹介で、ようやく重度障害児の住み込み介護の仕事に就いた。

人生は一旦つまずくと、歯止めが利かないらしく、二年ばかり経た頃、故郷に残してきた母親が重病に罹り、やむなく帰省せざるを得なかった。地元の民生児童委員の世話になり、子供は保育所に入れてもらうとともに、本人も農協の購買部に勤めることができた。もうその頃は、以前のような悪質な陰口は叩かれなかったが、親子とも好奇の目で見られるのは、かなり長く続いた。

また、女盛りの身体だけに、いろんな男がちょっかいを出してくるのが、煩わしかったのと、子供を中心とした催し物に、父親が参加していないから、妙子に寂しい思いをさせるのがつらかった。

しかし、今はその妙子も良縁に恵まれ、梅乃はかわいい孫を授かっているが、梅乃自身は夫婦愛を体験したことがなかった。


谷あいから、二人の男性の声が聞こえてきた。それを機会に梅乃は我に返り、古道からそれて、雑木林の中へ入った。

梅乃は、倒木からキノコ類を収穫し始めた。この時期は、お客がキノコ料理を必ず注文してくれるので、三日に一度は山に入った。この付近の山は、所有者が山番に管理を任せているから、山番の了解さえ取れば、自由に採取させてもらえる慣習があった。入会山ではないが、長年それと同じように、入山できた。ただ、松茸の出る松林は、入札するようになった。地元民でも採取するには、権利を買わなくてはならないから、梅乃も小さい面積ではあるが、落札していた。

しかし、落札しても、監視を十分していないと、松茸が盗まれてしまう。梅乃は谷あいから聞こえてきた男たちの声は、この松茸泥棒ではないかと気になった。声がだんだん近づいてきたので、梅乃は近くの茂みに身を隠した。

「兄貴、この位置では獲物が見えにくいなあ。ここからは標的が確認しにくいで」

「うん、確かに……。だけど相手の指示は、古道から離れた大嶺興産の作業道ってことだから、そこまで行ってみようか。下調べは十分にしておかないとな」

「狙いは、あの大嶺興産の社長と副社長ってか。このタマやると、俺の名前もちょっとは、世に出るわな」

「シッ。滅多なこと口にするんじゃねえ。殺し屋には、口は禁物」

「すんまへん。で、ワイは女の方で」

「男は二人おってな。間違って、依頼人を殺(や)ってしまっては、ただ働きになるんで、これは俺が殺る」

「今から、ワイ、武者震いしてきまんがな。兄貴、これでワイも男になれるやろな」

「もし捕まったら、絶対に口を割らないのが、この世界の生きる道。イノシシと間違って撃った、と言い張るのだぞ！」

「分かってま、兄貴」

男たちの声が遠ざかって行ったが、梅乃は茂みの陰で震えており、しばらくは立ち上がることができなかった。


大月興信所の応接室では、大月所長の前で岳之進が肩を落とし、今にも泣きそうな顔をして言った。

「情けなくって、情けなくって」

「はあ……」

大月所長は、なげいている岳之進の顔を見ることができなかった。

「せめてもの願いは、一族から犯罪者を出さないことなんだ」

「で、私に何をご依頼？」

「続けて、貴子と空岳身辺の情報収集を、お願いします」

「連絡方法は？」

「私の方から、お宅の事務所へ連絡方法をこまめに入れますが、ひとまず私の携帯電話に入れてくださいな。ただし、その電話では用件を言わないこと。壁に耳あり……」

大月は恐縮して言った。

「恐れ入ります。十分心得ます」

「必ず私の方から、再度、連絡し直しますから。それに簡単な連絡事項だったら、メッセージ預かり機能に入れておいてください」

岳之進は、何度も頭を下げ、頼りなげな足取りで出ていった。

「さすが、国家機密を扱われていた元将校さんだけのことはある。情報管理は見事だ」

と、大月は感心している。しかし、女子職員には彼の言葉が耳に入っていないらしい。

「切な過ぎるわ、この件。実の姉と弟が、お互い信じ合わなくって、しかも夫を葬るって……。親としたら、知りたくないことなのに。それでも知らなくっちゃならないって、あんまりだわ」

と、目に涙をためている。

「仕事以上の仕事になりそう。これじゃ、お父さんが哀れ過ぎる。一肌脱ぐことにするっか！」

天井に向かって叫んだ大月は、勢いよく立ち上がった。

大嶺興産社長室の応接では、上座に岳之進が和服の胸を張って坐っている。その前両側に分かれて左手に浩太郎と銀行から出向してきている常務、右手入り口側に貴子と空岳が坐っている。

「俺が、この席に坐るのは久しぶりやなあ」

四人は、何事って顔で、岳之進の顔を見た。貴子が訝しげに聞いた。

「それで、急に私たちを集めて、どうするっての？」

「まあ、そう急かすなや」

岳之進は、四人の顔を順次見渡して、おもむろに言った。

「この場は臨時役員会としようか、な、社長、いいだろう」

今一度、皆の顔を確認するように覗き込んでいる。浩太郎も訝しげに言った。

「はあ、それは結構ですが……」

岳之進は、その言葉を待っていたかのように威儀を正して、しゃべり始めた。

「めいめい、持ち場をしっかり守ってくれていると思うが、経営には一つの哲学が必要でな。松下幸之助さんは、お客さんあっての企業、ってよく言われていたそうだ。そのため、企業には社会的責任があるって。だから、社会的責任を無視し、独善的経営に走った企業は長続きしないってのもな」

浩太郎と常務は大きく頷いた。

「バブル倒産は、ほとんどがこのケースだ。企業のみが利潤を追求し、消費者をないがしろにしておったから、見るも無惨な姿になってしまった。特にいけなかったのは、本来の業務をおろそかにし、株式や不動産取引に手を出し、労せずして暴利を得ようとしたことだ。分かるな！　このこと」

貴子と空岳は、声をそろえ、気のない返事をした。

「はあ……、そう言えばそうですが」

「それに、毛利元就の三本矢の譬えではないが、経営陣はお互い信頼し、協力しあって、それぞれが業務を分担していく、そういう企業でないと、存続と発展は望めないのだ」

「はあ」

貴子と空岳は、またかというように、顔をしかめた。

「特に、同族会社の場合は、他からの新鮮な意見に耳を傾け、少なくとも独善的にならないように、しなくちゃいかん」

貴子は、スカートの模様を指先でなぞって、生あくびをかみ殺しており、空岳は窓の外を眺めている。浩太郎が相槌を打った。

「おっしゃるとおりで」

岳之進は、貴子と空岳を射るように見つめ、言葉を続けた。

「少なくとも、私利私欲などは、もってのほかで、企業の信用を落とすのみならず、それが原因で倒産さえしかねない。これは倒産した会社を見れば一目瞭然で、放漫経営か、経営陣の内部分裂がほとんどだ」

「親父、そんな話何回も聞かされて、耳についていますがな」

「専務、会社では会長、と」

浩太郎が空岳の言葉をたしなめた。貴子は俯いたまま気怠げに言った。

「会長、またお説教ですか」

「だんだん年を取ってくると、念には念を入れたくなるものでな。お前たちも俺の年になると、よく分かるはずだ」

もう一度、全員を見渡した。

「俺の目から見れば、我が社の経営は行き詰まっている。数字上もさることながら、取引先からの評価も落ちている。そのことは、お前たちも気づいているであろう」

「申し訳ございません。私が至らないばかりに」

「勿論、責任は社長にある。しかし、ただ単に社長のみではない。我々役員全員の連帯責任だ」

常務は怪訝な顔をしている。

「そ、そんな」

貴子と空岳は、顔を見合わせ、不満顔をした。

「だから、次の期から外部重役を増やし、活性化を図ろうと思う。それに若返りも狙ってな」

「というと」

貴子は不審な思いで先を促した。

「企業存続のための活性化だ」

と、岳之進は断言した。

「同族だけでは血がよどむ。だから、俺も引退する。この際、一旦全員に身を引いてもらう。勿論、社長もだ」

浩太郎は、正直驚いている。今まで役員会議をする際には、会長は事前に相談してくれていたのに、今回は一言の相談もなく、しかも、社長を辞めなさい、と宣言したからだ。

「というと、俺も専務を解任?」

「私も、副社長を解かれる?」

「勿論、そうなる」

空岳と貴子は、悲鳴に似た声で、そんな無茶な、と会長に非難を浴びせた。

「発行株式は取引銀行の三行で四九パーセント、二割は、設立時にお取引いただいていた得意先、俺が三一パーセントだ。だけど、俺は議決権を行使しない。だから、その人たちの意向による選出となる」

浩太郎はおぼろげながら、岳之進の意図が掴めてきた。

「役員全員の洗い直し？」

「そうだ。勿論、経営不振の責任は、俺も取って引退する。お前たち、分かってくれるな」

と、鋭い目つきで、順次確認するように見渡した。浩太郎が、

「やむを得ません」

と応じた。空岳は、そんな、とこぼすのみで返事をしない。貴子は真顔になって問うた。

「でも、再任される、ってこともあるんでしょう」

「勿論、ないではない」

「あり得るってことね。ふーっ。じゃ、仕方がないっか」

「専務はどうだ」

「社長、副社長が同意したのなら、俺も仕方がないじゃないか」

常務も、異論がございません、と応じている。

「よし、これで全員が退任することで、役員会は終了した。社長、このことを記録に残しておいてくれ」

「確かに」

浩太郎は慇懃に応じている。

「常務さんは仕事に戻ってくださいな。三人には、もう少し話があるんだ」

岳之進は三人を見渡している。

「さてと、鬱陶（うっとう）しい話はこれくらいにして、これからは楽しい話」

四人の中に漂っていた、異常な緊張感がようやく解けてきた。

「やれやれ、まだお説教が続くのかと心配していたのだけれど」

と、貴子はようやく顔を上げた。

「この間、岳夫について行ってもらって、久方ぶりに熊野古道を歩いてきてな。そのついでに、うちの山に寄ったら、マッタケのネヤが育っておったわ。あの様子では、今年のマッタケはかなり出てきそうや」

「そう。いつも留爺が送ってくれているけど、やっぱり採れたての方が、香りが良いんでね。あんた、今度の廃棄物処分場の現場見に行くとき、寄ってみいへん？」

貴子は空岳の方をちらっと見た。

「そんでじゃよ。俺は現場のあの渓へは、よう付き合わんがの。マッタケの美味いの食いたくって、留爺にシシ肉用意してくれるように頼んできたんだ。社長、気分転換にマッタケ囲んで、ちょっとのんびりするか」

「じゃ、そうしましょう。たまには皆でわいわいやりますか」

「おおっ、さすが。親父も説教ばかりじゃねえんだ」

「俺は、前の日に行って、留爺とマッタケ採っておくから。お前らは木曜日の朝出るんだろう」

「三人一緒の車で行くよ。朝早く出発するから、小屋へ着くのは十一時過ぎになるかなあ」

「さあて、これにて今日の会議はお開き。俺は帰るぞ」

「会長、じゃ送らせましょうか」

「いやいい。その付近、ぶらぶら寄り道しながら帰るから」

岳之進は悠々と出ていった。


貴子は、専務席に坐る空岳を横目で見ながら、その前を往ったり来たりしている。空岳は姉が何を言い出すのかと、その動きを目で追いながら、不審気な顔つきだ。

「お父さん、何を考えてるんだろう。株主権を使わないって」

「そしたら、銀行や外部から社長、副社長、それに専務っての、送り込まれる、ってこともあり得るわな。親父、何考えてるんや」

「うちにも分からん。あれだけ信じ切っていた、うちの人にも辞めろって言ってたでしょう」

「いやはや、あれは驚きだったよ。——でも、表面だけびっくりしたふりして、案外こっそり事前に相談していたりして……」

「それは、大いにあり得る。自分らには内証で、お父さんと筋書きを描いていたかも分からないね」

「姉貴。これは臭う。確かに臭う」

「あの人、お父さんが、全員退けっ、ていったとき、いかにも早く受け入れたでしょう。空岳、それやから、うちこの間から言うてるやろ。社長を早く追い出しなって」

「ん、まあね。今度の役員入れ替え案は、多分、姉貴と俺の追い出しよ。実の子が袖にされ、他人にいい顔されては、たまらんからなあ、姉貴。――社長め、気弱になった親父を言いくるめて、大嶺家の財産を横取りする魂胆か」

「考えられるでしょう。空岳」

貴子は心の中で、この間の磯釣りがチャンスだったのに、と呟いた。歩きながら、軽く床を蹴った仕草は、空岳にも何かが通じたのだろう。

「姉貴も俺も、親父には信用されていないものなあ」

「でも、相続権は自分たち二人だけのもの。ねえ、空岳。他人に財産横取りされる前に、早く相続しようや」

「と、言うと……」

空岳は、これ以上大きく開けられない、というほど目を大きく見開いて、貴子の顔を見つめた。

「と、言うこと？」

貴子は大きく頷いた。

「と、言うこと！」

「さすが、姉貴」

空岳の目は、見開かれたままだ。

「シーッ。滅多なこと口にするんじゃない！」

何やら密談を始めた貴子と空岳である。

岳夫の家の食堂では、テーブルに岳之進と岳夫が隣り合って坐り、すき焼き鍋をつついており、向かいでは亮子が、里佳に食べさせている。

三人の間には先程来、世界文化遺産登録について議論が続いている。熊野古道がユネスコの文化遺産に〝紀伊山地の霊場と参詣道〟として登録されたが、海岸線を通る大辺路街道の一部が脱落していることについて、岳之進は納得できないと主張し、岳夫や亮子に意見を求めているのだ。

「俺はねえ、現状が国道や県道に呑み込まれ、連続した古道として保存されていないから、歴史的、文化的価値がないってのは、理解しがたいんだ」

「確かに、おじいちゃんの言うとおりだ。文化庁の調査官としてみれば、中辺路街道の保存状況の良さと比較すれば、見劣りがするってことだろうが、それは表面的な見方に過ぎないわなあ」

「だろう」

岳之進は、我が意を得たりと大きく頷いた。

「確かに、紀伊半島南部の海岸線は、山が海へ突き出しているから、平野部分がほとんどなく、今も昔も同じ所を、通らにゃ仕方がないってことなんだ」

「うちも、そう思うわ。古道であっても、拡幅整備される運命にあるのは致し方がないの。だから、姿を変えた歴史街道ってこと。ルートそのものの価値を見落としては駄目」

「ぎょ、ぎょ。亮子もいっぱしのご意見」

「はっはっは、ここらあたり、人間の生き様にも似てきたな。土地であっても、人生であっても、幅のないところでは、更新されていくのが当たり前、それをもって歴史的価値がないと、評価してはならないってか。亮子ちゃんの視点はさすがだ」

「亮子の意見はさておき、おじいちゃん。ただ単に道だけの問題じゃなく、このことは人間学や哲学にまで発展するってか」

「と、いうところで、今晩の討論会はお開き、お開き、おひらき」

亮子は里佳がむずかり始めたのを機会に、お開き宣言をした。サイドテーブルの上には、数多くのビール瓶と銚子が並んでいた。

「ああ、美味しかった。里佳ちゃん、ありがとう。おじいちゃんは、お腹も心も満腹でちゅよー」

里佳は、大人の視線が自分に集まったので機嫌を良くしたのか、にこーっと微笑んで「じい、じい」と手を差し出し、岳之進に「抱け」とせがんでいる。

「はいはい。じいちゃんは若いべっぴんさんに弱いんでちゅー」

と、言いながら里佳を抱き上げた。岳夫は、

「今日は結構飲んだな」

「そうなんでちゅよー。この笑顔が、おじいちゃんに、お酒を余計飲ましたんでちゅー」

と、里佳に頬ずりしている。


岳之進と岳夫の布団が並べて敷かれており、二人は仰向けになり話している。

「岳夫。今日、会社の役員会やってな。その席上、全役員辞任するってことになったんよ」

「エエッ、どうして」

「お前も知ってのとおり、とうとう貴子や空岳に、経営者としての自覚を持たせることができんかってな。それで俺が責任を取った、てこと」

「で、あとどうするの？」

岳之進は上半身を起こしながら、

「二人には、反省する気配が見えないんだよ。情けないけれど」

と、半べそをかいていた。岳夫には岳之進の異常な雰囲気が伝わり、寝てもおれず起き上がった。

「俺は、新しい役員選出について、株主権を行使しないって、宣言した。俺も自らを成敗するって、ことで」

「とすれば、会社はどうなるの？」

岳之進は、岳夫の正面ににじり寄り、言葉を続けた。

「俺は、お前の銀行の個人株主としては大株主に入る」

「そうだけれど」

「あの銀行は、うちの会社が取引している三銀行のうちのメインバンク」

「はあ」

岳夫の顔は不審顔だ。

「我が社の株式の四九パーセントは、銀行株主」

「なーるほど、なーるほど」

「どうやら、分かってきたな」

「おふくろや叔父さんの逆恨みを、婿養子の親父に向かっていかないように、株主総会による役員の洗い直し……。会長も含め全員更迭。さすが、おじいちゃんの思惑」

岳之進が布団の上で正座し、岳夫に対面し真顔で言った。

「そんでじゃが、なあ岳夫。会社の経営をやってくれんか。勿論、慣れるまでは浩太郎君に見習って……」

「な、なんですって！」

「わしの最後の願い、快く聞いてくれや。なあ岳夫」

「そ、そんな。急に言われても。銀行のこともあるし……」

「その銀行のことだが、昨日、支店長を通じ、頭取の了解を得たんや。お前を会社に返してくれと」

「エエッ」

　岳夫は目を大きく見開いている。

「支店長が言うのには、お前にはもう経営感覚が立派に育っていて、どこへ出しても恥ずかしくないから、喜んでお返ししますって」

「ふうっ……。おじいちゃんたら」

「これ、このとおり頼みます」

　岳之進は布団の上に正座し、頭を深々と下げた。頭を下げ続けている岳之進の姿に、岳夫は困惑した。岳夫は岳之進の両肩に手を掛けて抱き起こしたが、その頬には涙が伝っていた。

「おじいちゃんには負けました。僕の力量では心許ないのに……」

　その声を聞くと、岳之進は岳夫に抱きついて泣き出した。

「ありがとう、ありがとう……」

岳夫は、泣き続ける岳之進を布団に寝かした。岳之進は言った、

「子育てには失敗したわしだが、孫には恵まれた。お前には苦労を掛けるけどな」

それから二人は、会社の経営について延々と語り続けた。

十二　虚々実々

岳之進は、書斎前の廊下を掃除している安江に向かって声を掛けた。

「貴子は、もう出勤したのかな」

「ほんの今先」

「そうか。そうか」

安江は廊下を拭きながら、渡り廊下の方へと曲がっていった。彼女が遠ざかるのを待って、岳之進は電話を掛けた。

「大月興信所ですか。所長さんをお願いします」

メモ用紙を引き寄せ、

「大嶺です。いよいよ、倅(せがれ)が明後日の木曜日に動き始めるようなんや。山の取引の現地調査ってことで。社長、副社長、すなわち娘夫婦を山へ連れて行くことにしたようです」

「ほ、本当ですか」

「かといって、今のところ、君んとこの情報と俺の推測だけだから、公に阻止することがしにくいんだ。警察に話をするわけにもいかず……」

「確かに、うちの情報は法的証拠としては弱いんです」

「それで、空岳の行動を掴んでほしいんや」

「はあ」

大月所長はペンを持って緊張している。

「特に今日、明日の……。それに殺し屋をどこの暴力団に依頼したか知りたいのや。未然に防ぎたいのでな」

大月所長は慌てた。岳之進の声が泣き声となって、聞き取りにくくなってきたからだ。

「倅を、前科者にはしたくないので……」

岳之進は電話に向かって、何度も頭を下げている。

「分かりました。連絡方法は、有線電話、携帯電話、アマチュア無線の三系統を使いますが、よろしいですか。無線については、コールサインと周波数を確認しておきたいのですが……。こちらのコールは、ＪＱ３ＷＹＦです」

大月は岳之進を慰めるすべもなく、あえて事務的な口調で話し続けた。

岳之進はメモを始めた。

「こちらのコールサインはＪＱ３ＷＬＩ。使用周波数一四四・五メガヘルツ。または、四三〇・五メガヘルツ。また、傍受されるかも分かりませんので、周波数は再三変えますのでよろしく」

「了解しました。連絡方法及び主だった情報、特に傍受情報は事務所に送っておきますから、直接この録音を聴いてください。操作はシャープマークを二回押してください。必ずダブルしてくださいな」

「分かりました」

「それに携帯電話では、留守電話管理センターにメッセージを入れておきます。暗証番号は指示されたとおりのmx八一七七にしています」

岳之進は、メモを盛んに取っている。

「分かりました。それで、私は事情があって現地へ先回りしますんでな。彼の動向はこまめに入れてください。携帯電話や携帯無線機は、必ず肌身離さず持っていますから」

「それでは、今から尾行を始めます」

「よろしくお願いします」

電話機を置いた岳之進は、床にべったり坐り、大きなため息をついた。

和歌山市築地の場末にある麻雀店から、空岳が出てきた。店の裏側にある駐車場に向かって歩き、止めてあった黒いセダンに乗り、早速携帯電話を使っている。

　麻雀店の向かいにある駐車場では、グレーのセダンが止まっており、運転席には帽子を目深にかぶり、イヤホンを耳にした女性が緊張気味に坐っていた。日光遮蔽フィルムの貼られた後部座席には、大月所長が坐り無線機とレコーダーを操作している。無線機が受信を始めた。空岳の声だ。

「はいはい。こちらＣＮＣＮ」

「明後日、木曜日午前十時、待ち合わせは中辺路町、高原熊野神社に間違いないか」

「そのとおり。決行場所はそこから作業道に入った山中で。十時半から十一時半までの間。作業道入り口には、大嶺興産作業道と大きな案内板があるから、すぐ分かる」

「当方、茶色のＴ社四輪駆動ワゴンで移動する。携帯電話は現地では圏外となる恐れあり、山中における連絡は取りがたい。こちらは、五十過ぎの背の低い男と、二十代半ばの背の高い男。いずれも使い古したハンター衣装。確認マークは胸と背中にアルファベットのＣＣのマークを付けておく」

「了解。俺は灰色のカメラマンコートに、青いゴルフハットをかぶり、肩にカメラを掛けておく。くれぐれも人違いのないように」

「しかと了解」

　黒い車が麻雀店を出た。向かいの駐車場からグレーの車があとを追う。

岳之進は我が耳を疑った。

「所長さん、それ本当ですか。はあ、はあ。やっぱり」

中辺路町近露の民宿に着いた岳之進は、空岳や暴力団の動向を掴むため、早速大月興信所へ電話した。実行暴力団は空岳が上納し続けている暴力団ではなく、傍系の組であることは察しがついたが、狙撃(そげき)担当の個人名までは分からなかった、との調査報告を受けた。そのあとである、言いにくいことだがと、前置きされて、とんでもないことが報告された。

「貴子さんがお付き合していた若い男性とは、ある病院の医者だったんですが、その男の素行調査をしているうちに、とんだ情報を掴んでしまったのです」

「な、何事?」

岳之進は緊張した。

「その男の勤務先の薬局長から、筋肉弛緩剤の数量チェックが合わないと、院長に報告されたんだそうです」

「はあ、はあ」

岳之進の身体が、緊張して震えている。

「このクスリはご存じのように、ごく少量で死に至らしめる劇薬で、病院では特に厳重に保管されていたんだそうです。それで保管状況を他の劇薬と同様、定期的にチェックしたところ、使用状況と在庫が一瓶分合わなかったそうなんです。それで、院長は保健所と警察に届けたって次第で……」

「ほ、ほんとですか」

　岳之進は驚いている。

「警察では内密に保管庫の指紋を確認したところ、直接関係がないはずの神経内科医の指紋が検出されたのです。それでただ今、本人から事情聴取をしている最中のようです。場合によっては、そのクスリが貴子様の手元に渡っていることも考えられますので、ひとまず中間報告させていただきます」

　岳之進の顔が苦渋にゆがんできた。

「大嶺様。ただ今の件了解でしょうか?」

「はあっ。――筋肉弛緩剤が紛失していること、了解しました」

「また、詳細が分かり次第報告させていただきます」

　岳之進は民宿の小さな受付の電話コーナーで、へなへなと坐り込んでしまった。

　近露王子から少し離れた所にある、民宿の玄関先では、岳之進が軽く体操をしている。八十歳になると身体が固くなるのだろう、動作がぎこちない。手を腰に当て身体をねじっている。奥から、女将の声が聞こえてきた。

「お弁当、水筒、おやつ、それにタオルなど全部そろっています。旦那さん」

しゃべりながら、ザックを片手に女将が出てきた。

「ありがとうよ。久方ぶりのキノコ狩り。何年ぶりかの。じゃ、三時までには帰ってきますから」

岳之進は、ザックを受け取り、既に玄関先に出していた登山用ストックを手にしている。

「じゃ、しんどくなったら、近くの林道に出て待ってれば、誰かが乗せてくれるんでね。無理したらあきませんで」

見送ってくれる女将に手をふって、岳之進はゆっくり歩き始めた。


貴子は、明日現地へ入る服装を、鏡と睨めっこで、着替えている。それにいつもの外出と異なっているのは、下着が気になるようで、タンスから取りだしたのが気に入らないらしく、新品を枕元に置いている。浩太郎は一時間前に、食堂から直接、寝室兼書斎に引き揚げている。もう数年来続いている、浩太郎の生活スタイルだ。貴子の部屋へは、長い間入っていない。

貴子は鏡台の前に坐り、ハンドバッグを点検し、神経内科医からもらった瓶を大事そうに確認している。ただ、そのときの貴子の顔には、実に不思議な笑みが浮かび、深夜という時刻もあって、不気味な雰囲気だ。

「どうれ、一応、仏さんにご挨拶をしてこようか。いや、やめた。これも我が子をないがしろにした親父が、先祖の天罰を受けるのだから致し方のないことや。南無阿弥陀仏、南無阿弥陀仏」

　と唱えながら、四合入りの銘酒をサブザックに入れた。

「うちの会社は、経営内容が悪化したとはいえ、一応、黒字会社だから、経営不振による一家心中、とは言えないなあ。新聞記事はどう書くのやろうか。家庭不和解決に、一家心中を選んだ大嶺財閥の不幸、ってな見出しだろうな」

　今一度ハンドバッグを確認した貴子は、呟いた。

「再びこの家に帰るのは、自分一人か。でも、しばらくは解毒剤が効いてくるまでは入院生活だろうな。長年の重苦しい空気も、あと二日の辛抱。――やれやれ、やっとおかしなプレッシャーから解放か」

　貴子は、鏡に映る我が顔に語り掛けている。

「燃える身体を持った私がいけなかったのかしら。でも、この身体は自分が求めてつくったのではないのよ。身体も心も癒してくれなかった、亭主と一つ屋根の下で十数年、これ以上私の人生を犠牲にしたくはないわ。外面の体裁ばかり取り繕う親父の犠牲になって、よく辛抱してこれたこと。自分をほめてやりたいわ」

　貴子は、自分の胸をなで上げて、大きな吐息をついた。

民宿の客室では、岳之進が丹前姿であぐらをかき、何事かに熱中していた。その前には新聞紙が大きく広げられ、キノコ類が分類して置かれている。

「月夜茸、ツル茸、シロクマコテング茸、他にもあったんだろうけれど。これだけあれば十分や。なあ多恵や」

そのとき、ふすまの向こうから女将の声がした。

「旦那さん、お茶をお持ちしました」

慌てて岳之進は、新聞紙でキノコ類を覆った。立ち上がり、ふすまの所まで、お茶を取りにいった。

女将が、キノコ採れました？　と聞いた。

「結構良いのが採れてね」

「それは良かった。キノコ類も毒キノコと見分けのつかないのがあってね。ツル茸や、月夜茸は見分けやすいけれどね。旦那さんは年季が入っているから、大丈夫でしょうけれど……」

「ちょうど良かった。疲れているので寝ようかな、と思っていたところで。お茶をいただいて寝ましょうか」

敷居越しにお茶を受け取った。

女将はふすまを閉め、じゃお休みなさい、との言葉を残して遠ざかっていった。

岳之進は、キノコをスチロールのパックに入れ、リュックサックへ丁寧に詰めている。

「おっとっと。無線機の予備バッテリーを忘れたらいかん」

と、ザックのポケットにいくつかのバッテリーを詰め込んだ。

「さてと、これにて明日の準備は終了。あれらが着くのが十一時頃か」

ザックを枕元に置き、電気スタンドを引き寄せて布団に足をつっこんだ。

「本日最後の情報収集」

独り言を言いながら、携帯電話をプッシュした。

「こんな時間だから当たり前か、留守なのは。——シャープのダブルプッシュだったな。うん、うん。なーるほど」

どうやらレコーダーに録音されたメッセージを聞いている様子だ。ふーん、とため息交じりの相槌を打ってから、携帯電話を手放した。

「そうか、医者がしゃべったか。筋肉弛緩剤一瓶を貴子に渡したとな。あの娘、どう使うつもりやろ。明日は昔取った杵柄、特殊情報収集隊員の腕前を発揮しましょうか。どう隠して持ってくるかがポイント」

岳之進は、まずは体力体力、ぐっすり寝ましょうかと、布団に潜り込んでしまった。

十三　不浄(ふじょう)を祓(はら)う

雀の鳴き声が賑やかだ。岳之進の朝は、ほとんどの日は五時頃に起きるのに、今朝はもう七時近くになっている。夜明けの遅い山村であるとはいえ、既に外は明るくなっていた。

昨夜、布団に潜り込んだあとも、二人の子供がどうして道を踏み外したのか、いろいろな事柄が思い浮かび、寝付けなかった。部屋には、秋口独特の乾いた冷気が入ってきており、岳之進は、布団の中にいながら、ぶるっと身震いした。でもこの身震いは、外気だけのせいではなさそうだ。

「いよいよ、今日の日を迎えたか」

岳之進は、空岳のアクションをどう阻止するか、待ったなしの状況に追いやられたのである。そのうえ、貴子が筋肉弛緩剤を手に入れていることが分かり、二人とも、とんでもないことをしでかす状況が、できあがっている。せめて、我が子たちに罪を犯させたくない一心の岳之進にとって、全力投球しなければならない日を迎えたのだ。再び身震いをした。

階下から女将の声が聞こえてきた。

「旦那さん、電話ですよ」

その声を聞くと、条件反射のように飛び上がり、丹前を引っ掛けた。メモを手にして玄関受付まで下り、受話器を取った。

「大嶺ですが」

「大月です。昨晩までの情報を再確認の意味もあって、整理して入れます。既に留守電や、レコーダーに入れていた部分と重なる部分もありますが……メモの用意はどうですか」

「はい、用意しています。どうぞ」

岳之進の手が動き、メモ用紙には、〝茶色のワゴン〟〝五十歳前後の背の低い男〟〝二十五歳前後の背の高い男〟〝ハンター姿にＣＣマーク〟〝十時頃高原熊野神社〟との文字が見える。岳之進は、

「昨夜十時までの情報は、聞かしていただいています。貴子のクスリの件も了解です」

と小声で手短に話して、電話を切った。

「いよいよか」と独り言を言いながら、メモを手に二階に上がろうとしたとき、女将が声を掛けた。

「旦那さん、朝ご飯何時頃にしますか。一応できてはいますが……」

「ありがとう。ちょっと時間がほしいんで、七時半にお願いできますか」

「結構ですよ、じゃ、七時半に用意しておきます」

岳之進は二階の自室に戻ると、角封筒に入れていた手紙を出し、読み出した。読み進ん

でゆくうちに、何度かため息をつき、岳夫には迷惑なことだなあ、と呟きながら涙を拭った。読み終えたいくつかの小封筒を丁寧に封をし、順次大封筒に入れている。

最後の一通に何事かを書き加えていたが、時々ため息をつき、ペンを止めていた。どうも筆が進まないようだ。

岳之進は、山歩き姿でザックを背にし、台所に向かって声を掛けた。

「ごちそうさんでした。いろいろお世話さんでした」

「もう、お出掛けですか」

との声とともに、女将が小走りで出てきた。岳之進は何枚かの紙幣を出しながら、

「おつりは結構ですから」

と、言葉を添えた。女将は恐縮して、おつりの代わりに、新しいタオルを差し出した。

「お気を付けて」

との声に送られて、民宿を出た。今朝も谷間一面を霧が覆っており幻想的で、十メートル先が見えにくいありさまだ。高原熊野神社から見渡せば、一面が雲海となっているだろう。岳之進はしばらく歩いて振り返り、霧の中にかすかに見える民宿に向かって合掌をし、頭を下げた。

「お世話、ありがとうよ。長い間の親切おおきに」

民宿を出て、わずかの距離に近露王子がある。岳之進は石碑の前で何事か唱えながら合掌をしている。

「どうか、あの子たちの心を癒し賜え」

と、何度か繰り返している。岳之進は礼拝を終え、携帯電話でタクシーを呼んだ。

「一昨日予約しておいた大嶺です。今、近露王子に居(お)りますんで、すぐ回してくれますか」

近露王子は既に霊域(れいいき)に入っており、近露の水は現世の不浄を祓う、とのことで、熊野参詣のために、身を清める所でもあった。岳之進はこの地に泊まり、身体(み)を清め、心を鎮めるつもりだったが、いかんせん現世のアクションに巻き込まれ、悶々とした一夜を過ごした。

近くにある郵便ポストの前まで足を運び、ザックから、大きな角封筒を取りだし、捧げ持つような仕草をしたあと投函した。岳夫君、君だけは俺の心をわかってくれな、とポストに合掌をした。

タクシーは一方杉の前で止まった。

「二十分ほど待ってや」

運転手に声を掛けて、鳥居をくぐり境内へ入った。

岳之進は一方杉の、朽ちた祠に手を掛けて、愛おしげにさすっている。表皮には霧が水滴となっているが、手が濡れるのを気にしないでさすり続けている。

「この杉の芯は、まだ持ちこたえているが、俺は、とうとう朽ち果ててしまうか」

熊野の森は何人であっても、心が癒されると言われている。その熊野の聖地で、事もあろうに、我が子たちが、今日、とんでもないことを、しでかそうとしている。しばらく同じ動作を繰り返していたが、急に立ち上がり、一方杉に向かって合掌した。

「どうか、一方杉の御霊よ、我が子、貴子と空岳の心も癒し賜え」

頭を下げ続ける岳之進。

「それに私も、とうとう朽ち果てていきますが、倒木更新、若い芽が立派に育ちますように、見守ってやってください」


岳之進の胸ポケットに入れていた無線機が鳴りだした。

「こちら、ＪＱ３ＷＬＩ」

「こちら、ＪＱ３ＷＹＦ。徳島のレピーターを経由してとばしています。感度いかがですか、どうぞ」

「感度良好。現在位置は」

「高速道路の御坊インター降りたところです。これから国道42号を南進します」

「そうか、尾行してくれてるのか」

「前方約百メートル先に、茶色のワゴン車あり。どうぞ」

「了解。ご苦労様。こちら現在熊野の一方杉前。ただいまから高原熊野神社まで移動します。この神社もかなりの標高があり、波がキャッチできます。約二十分で移動できます。こちらＪＱ３ＷＬＩ。どうぞ」

「了解」

岳之進は、とうとう始まったか、と呟きながらタクシーに向かった。

道路の分岐点にある、公衆電話ボックスの前でタクシーが止まり、岳之進が降りてきた。

「携帯電話では逆探知されるんでな」

と、独り言を言いながら中に入った。

「御坊警察署ですか、ひ、ひ、ひき逃げです。私の家内が轢かれました。高速道路を下りてすぐの国道です。Ｔ社のワゴンで色は茶色です。はい、はい。ナンバーは分かりません。すぐ、田辺市方面へ逃げられてしまいましたから」

フーッと、ため息をつく岳之進。

「はいはい。そのとおりです。家内は通りがかった人の車で病院へ連れて行きます。はいはい、病院へ着き次第、改めて電話いたします」

電話機を掛け、頭を下げた。

「お巡りさんごめんな、騙（だま）して。緊急事態だからな」

国道42号を走る茶色のワゴン車の運転席では、ハンター姿の若い男がハンドルを握り、その横では、ずんぐりした中年の男が自動車無線を操作している。自動車無線のスピーカーが鳴りだした。

「俺だ。後方五百メートルのところを走っている。お前の後ろ約百メートルにグレーのセダンが、ずっと和歌山からついてきている。麻薬担当が、最近動き始めているから警戒せよ。十時に高原熊野神社、時間厳守よいな。実行は十時半から十一時半までの山の中。念のため、俺がその車の前へ割って入る。ただし、311号分岐点から、俺は新宮方面に向かって走るから、あとは全てお前らに任す」

「実行の件、了解。グレーのセダン警戒しておきます。班長、新宮行きご苦労様です」

国道42号の切目崎(きりめざき)からは、紀伊水道を行き交う船が見えてきた。紀伊水道は大型船が多いが、大阪港や神戸港へ荷揚げする船だろう。

道路のセンターラインに、追い越し禁止のだいだい色の線が引かれていた。この国道42号は、追い越しのできるところがほとんどない。茶色のワゴン車から三台後方を、走っているグレーのセダンの運転席には、帽子を目深にかぶり、耳にヘッドホンを着用した女性が運転している。

バックミラーに、後方から赤いスポーツカーが、追い越し禁止線を無視して、対向車線に入り走ってくるのが見えた。ホーンを鳴らしながら、突き進んでき、数台抜いてグレーのセダンの前へ急激に割り込んできた。女は急ブレーキを踏み、何やってんのようと、悲鳴を上げた。

　セダンの後部座席の窓は、日光遮蔽フィルムが貼られており、大月所長が慌てて、無線機やレコーダーが落ちないように身体全体で抱え込んでいる。

「何やってんの、この車、急に割り込んできて」

　女性ドライバーが怒鳴っている。ヘッドホンを着けた大月所長は、機械類を大事そうに抱えたままだ。

　割り込んできたスポーツカーは、スピードを落とした。だから、車の列はとぎれてしまい、赤い車の前が空いている。当然のごとく、後続の車がホーンを鳴らし始めた。追い越し禁止区域で、のろのろ運転はドライバーにとってはいらだってくる。もう既に、茶色のワゴンの姿は、全然見えなくなっている。グレーのセダンはたまらず、追い越そうとして進路変更しかけるが、そのたびにスポーツカーが前へ出て進路妨害をする。

　茶色のワゴン車のスピーカーが、鳴りだした。

「グレーのセダン、やっぱりただ者ではないな。運転は女だが、ヘッドホンを着けているうえ、前に割り込んだ俺の車を意識的に追い抜こうとしている。県警の麻薬担当の覆面かもしれないから警戒せよ。完全に尾行されている」

「了解」

運転している背の高い男が、ハンドルを握り直し、アクセルを踏み込んだ。

高原熊野神社の境内では、岳之進が木漏れ日の落ちている石垣に腰を下ろして、携帯無線機を手にしている。

「こちらＪＱ３ＷＹＦ。ＪＱ３ＷＬＩウオッチされていますか。ただ今から波を五コンマゼロゼロ、アップ。了解でしょうか」

「了解」

岳之進は無線機を操作しだした。

「感度良好。何か異変が起こったのか。どうぞ」

「そのとおり。念のため周波数替えたのもそのため。当方の走行を妨害する車が、前に割り込んできました。追い越そうとすれば進路妨害され、完全に一味の行動と思われます。とうとう、ワゴン車を見失ってしまいました。どうぞ」

「了解。引き続き、安全運転をお願いいたします。当方、他の手も打っていますから、そちらは無理をしないように。どうぞ」

「ええ？　他の手段？　はあ？　何はともあれ了解。ＷＬＩ」

岳之進は無線通話を終わると、さすが殺しの専門家集団だ、手が込んでいる、と呟きながら古道を歩き始めた。古道を少し下った所から脇道に入った。山道を進んでゆくと視界が急に開け、広場に出た。

広場には、小さな山小屋が見えてきた。大嶺興産の管理小屋である。岳之進は扉に手をかけたが、鍵が掛けられてなく、簡単に開いた。

国道42号上では、スポーツカーに追随するような格好で、車が数珠つなぎに列をなしている。後続車から、ホーンがさかんに鳴らされている。大型保冷車のグループが、我慢がならないのだろう、センターラインを超えて追い越しをかけてきた。

そのときである。後方からパトカーのサイレンが聞こえてきた。保冷車の一隊は慌てて元の車の列に戻った。スポーツカーが急にスピードを上げ、通常のスピードで走行しだした。サイレンが近づいたため、車の列は左により、路肩を徐行し始めた。

パトカー二台が、反対車線を列の後ろから追い越して、けたたましいサイレンを鳴らしながら疾走していった。しばらく、車の列は通常のスピードで隊列を組んで走ったが、まもなく赤いポールを持った警官に、徐行を指示された。バス停の車寄せには、パトカー三台が止まっている。南側方面からもパトカーが駆け付けてきたのだろう。その道路脇には、既に茶色のワゴン車が止められていた。

山小屋では、自在鉤に吊るされた大きなやかんからは、湯気が勢いよく吹き出している。

棚には野菜や食器が整然と並べられ、土間のすみには酒やビールの箱と、クーラーボックスが置かれている。

小屋の外から声が聞こえてきた。

「大旦那さん。炭をここへ置きましたから」

留爺は扉から半身を出した。

「あと、よろしく頼みます。食事の片付けは、また後ほど来ますから、そのままにしておいてくださいな」

「留爺、どうも手数を掛けるね。あ、ちょっとちょっと」

岳之進は留爺を呼び止め、中へ招き入れた。

「このシシ肉は美味(うま)そうだな。いい肉探してくれた。これ、肉代。それに息子さんと一杯やってくれ」

と、分厚い銀行封筒を差し出した。

「それに、孫からだが、その節には、親身なお世話ありがとうって。なあ留爺や、後のち、岳夫をよろしく頼みますよ」

留爺は「おそれ多い」と尻込みしたが、岳之進は札束を留爺の手に、無理矢理握らせた。

「いつも、よく世話してくれて、ありがとう。今日はゆっくり楽しませてもらうから」

「じゃ、お言葉に甘えて頂戴いたします。岳夫ぼっちゃんにも、よろしくお伝えください。

それじゃ、一旦帰らしてもらいます」

足音が遠ざかっていった。

岳之進は、扉越しに留爺に向かって片手拝みをし、あとの始末は大変だろうけれどよろしくな、と呟いた。

岳之進は、無線機と携帯電話をポケットにしまった。そして、持ってきたザックから、ビニールパックに入れられたキノコ類を、大事そうに取りだし、スライスされた猪肉の側に綺麗に並べた。


徐行を指示された、赤いスポーツカーはバス停を行き過ぎて、路肩に車を止めた。グレーのセダンは車寄せの手前の端に停車した。茶色のワゴンが、パトカーに挟まれるように止められている。その横にはハンター姿の男二人が立たされ、何やら尋問されていた。警官二人が、ワゴン車のタイヤ周辺を念入りに調べている。パトカーのボンネットでは若い警官が、尋問する中年の警官の指示を書き留めている。中年の警官は、男たちから取り上げた猟銃を両手にして、声を荒げる。

「銃砲所持許可書と狩猟免許を見せろ、と言っているのが分からんのか！　ええ！」

二人の男たちは黙秘している。中年の警官は、周辺の警官に対して怒鳴るように指示した。

「この男たちを、ひとまず、銃砲所持法及び狩猟法違反容疑で本署に連行する」

その声が終わらないうちに、男たちは警官が所持していた猟銃をもぎ取り、赤いスポーツカーに向かって走り出した。二人は座席に重なるように飛び乗った。スポーツカーは猛スピードで走り出した。

中年の警官がパトカーに走り、警察無線に飛びついた。

「こちら、パト五号。緊急手配をお願いします。スポーツカーが国道42号を切目崎から南進中。色は赤色。猟銃を持った男たち二人が、スポーツカーの運転手を脅し、検問中に逃走。車のナンバーなど、追って通報する。こちらパト五号」

他のパトカーもサイレンを鳴らしながら発進した。

グレーのセダンでは、大月所長が警察無線を傍受している。

「紀南の全パトカーに緊急指令。国道42号の切目崎で検問中、赤いスポーツカーが逃走した。現在、南進中。猟銃を持った男二人。発見しても特殊部隊到着まで行動を起こさないように。逃走防止策のみ対応されたし」

事の成り行きをカーテンの隙間から覗いていた大月所長は、運転席の女性に出発を指示し、自分は無線操作をし始めた。

「ＪＱ３ＷＹＦ。こちらＪＱ３ＷＹＦ」

「こちらＷＬＩ。感度良好」

「例の茶色のワゴン、パトカーに止められ、検問中に逃走しました。パトカーが追跡中。二人の男は猟銃を所持しています。詳細が入れば報告します。以上ＩＷＷ」

　山小屋では、岳之進が囲炉裏の側で無線機を操作している。

「了解。こちらＷＬＩ」

　岳之進は、その報告を聞き、にやりと微笑んだ。狙撃を中止させるため、虚偽ではあったが、事故の通報をし、検問させたことに満足した。しかし、殺し屋たちが逃走することは予想していなかった。当然、銃刀法違反の現行犯で逮捕されると思っていたからだ。だから新たな心配は、警察官や住民に犠牲者が出ないかであった。

　鳴りだす無線機。

「こちらＷＹＦ。パトカーのサイレンは国道42号を離れ、南部梅林の方へ進んでいます。パトカー数台に囲まれている様子。以上ＷＹＦ」

「了解．ＷＬＩ」

「念のため、ワゴン車の検問は、そちらの手配でしたか。ＷＹＦ」

「お見込みのとおり。ＷＬＩ」

「さすが！　これで全て了解」

　走るグレーのセダンでは、大月所長と女性が聞き耳を立てている。町内の有線放送が何事か繰り返し放送しているからだ。

「田辺警察署から住民の皆様にお知らせします。ただ今南部梅林で、銃刀法違反容疑で追跡中の男性二人組が逃走しています。それぞれ猟銃を持っていますので、付近住民は十分な警戒をお願いいたします。特に車はキーをはずし、逃走用に利用されないように、厳重に管理してください」

大月は傍らの女性ドライバーに向かって、

「そうか、もう田辺警察署管内に入ったのか。これは、やっかいなことになってきたぞ」

と言いながら、ラジオのスイッチを入れた。

「繰り返し臨時ニュースを申し上げます。田辺警察署発表によりますと、南部町の南部梅林に猟銃を持った男が二人……」

大月は慌てて、ラジオのボリュームを絞り、無線機を操作し始めた。

「ＷＬＩ。こちらＷＹＦ」

「どうぞ。ＷＹＦ」

「ラジオによれば、銃を持った二人組が逃走したとのこと。そちらもラジオの和歌山放送を受信されたし。車を盗み、そちらへ向かう恐れあり。念のため細心の注意を願います。こちら、ＷＹＦ。どうぞ」

「ラジオの件了解。情報ありがとう。こちらＷＬＩ」

岳之進は、一番上の棚に置いている、ラジオのスイッチを入れたあと、壁に掛けられているデジタル時計を見る。

「もう十時か。あの子らがくるのは十一時頃だったな。まだ料理の準備には早いか」

と、呟きながらも、囲炉裏の側へ食器や野菜などを運び始めた。ラジオが臨時ニュースを始めた。

「和歌山県警の発表によれば、交通事故の検問中、二人の男性が猟銃を所持していたため、職務質問したところ、検問状況を見ていた車の運転手を脅し、南部梅林の方へ逃走しました。梅林の中程で、二人は車を降りて逃走中です。周辺の住民は、くれぐれも警戒してください。特に車はロックするなど、管理には十分注意願います。また不審な者を見掛けたら、直ちに最寄りの交番か、警察署へ通報してください。繰り返します……」

十四　霊域近くでの修羅場

浩太郎のグループが貴子を先頭に、浩太郎、空岳と続いて、苔むした古道を歩んでいる。空岳は、肩に掛けられたカメラが揺れ、歩きにくそうだ。時々振り返り、後方や周辺を見渡しているから、貴子夫婦とは離れがちになる。

空岳は、

「あいつらどうなってるんだ、間に合わないじゃないか」

と呟いている。前方からは浩太郎の、のんびりした声が聞こえてきた。

「久方ぶりの山って良いもんだなあ。木の匂いと、落ち葉のザックザックという音がなんとも心地良い」

「ほほ、仕事の鬼にも里心ですか」

「まあ、なあ。たまにはこういう所へ来てリフレッシュしないと」

「だったら、来れば良いのに。誰も止めやしないのだから」

と言った貴子だったが、「あ、こんな余計なこと言う必要がないのに……。最後は優しい奥さんでなくちゃいけないわ」と悔やんでいる。どうしても平素の負けん気が出てしまうのだ。

空岳は相変わらず、振り返りながら付いてゆく。

山小屋の中では、囲炉裏の炭火が赤々と燃えさかり、大やかんの湯気が勢いよく噴き出している。その側では、岳之進が放心したように坐り、時々涙を拭いている。

「浩太郎君、漢方薬を飲んでくれているかなあ。彼だけは巻き込みたくないのでな」

と言い、壁の神棚に手を合わせている。

古道を歩く貴子と浩太郎の後ろ姿は、外見的には仲の良い中年夫婦に映っている。

「ほんとに、なんとも言えないなあ。この気分」

「そんなに山が好きだったら、いつでも来ていいのよ。もし、良かったら別荘でも建てたらいかが」

浩太郎は驚いたように、貴子の顔を見た。貴子は照れたように微笑んだ。

「そして、私もたまには連れてきていただこうかしら」

浩太郎は、いよいよ目を丸くしている。

「……んだ、それも良さそうだな。いい思い付きだ」

と、とってつけたような返事をした。

「それにしても、彼は？」

「そう言えば、どうしたのかしら」

二人は立ち止まり、後方を振り返った。

空岳は周辺をきょろきょろ見渡しながら、カメラマンコートの前を開け、暑そうにあえいでいる。

「殺し屋は絶対約束を守るってのに、どうしたんだい。もう小屋に着くじゃないの」

前方からは、おーい、おーい、と声が聞こえてきた。空岳は視線を前方に向け、

「あ、いけねえ。ただ今オシッコ中」

と、怒鳴った。

貴子と浩太郎が、後ろ向きになって待っている。空岳は、ただ今、小便終了、とおどけて弁解している。

「なんだ、オシッコか」

「ヘイ、お待ちどうさまでした。それにしても兄さん、結構足が速いねえ。血圧が高いっていうのに」

「先程、会長から頂いた漢方薬を飲んできたのでね」

貴子は眉をひそめたが、急に作り笑いを見せ、

「そう、それは良かったね」

と、応じている。空岳は「あれっ」と口の中で呟き、貴子の顔を不思議そうに見直した。

「お父さんの軍隊の知恵でね、山の中を逃げ回っているときに、身に付けたらしいの。手製の漢方薬、この人の体質に合うんだって」

空岳は「そ、そう」と、のみ応じた。しかし貴子の表情は、言葉とは裏腹に、憮然とした表情のままだ。先頭を歩く浩太郎からは、なんの反応もなかった。

一行は古道から離れ、作業道に入った。前方に、白い湯煙が立ち上がる小屋が見えてきた。

山小屋の中では岳之進が、自在鉤に掛けられたやかんを降ろし、大きな鍋に掛け替えている。小屋の外から男女の声が聞こえてきた。

貴子が「やれやれ、やっと着いた」と、結構元気な声を出している。岳之進は肉や野菜を鍋に入れ始めた。

「とうとう来たか、それにしても殺し屋はどうしたんだい。やっぱり警察に追われて、間に合わなかったんだろうな。何はともあれここまで無事に着いてくれてありがとう。浩太郎君だけは、絶対巻き添えにできないからな」

クーラーボックスを手元まで運びながら、

「必ず、ここから帰してやるからな」

と、低い声だが、腹の底から絞り出すように呟いた。

赤々と熾（おこ）っているのに、とってつけたように火吹き竹を手にした岳之進は、扉の方に向かって坐り直した。

浩太郎と貴子が声と共に入ってきた。

「会長、お待ちどおさまでした。やっぱり年ですわ。息切れがしてきましてな。でも、会長から頂いた漢方薬のおかげで、血圧は大丈夫のようです」

「おおう、よう来た、よう来た」

「この人ったら、よっぽど山が好きらしく、ここで住みたいって。――それにしても香ばしくて、いい匂い。お腹の虫が騒いできたわ」

「澄んだ空気の中で、小屋から湯気が立ち昇っているって、良いもんですな。なんか牧歌的と言うのか、仙人の住まいの感じで……」

「仙人の住まいね。仕事の鬼にも、ロマンを求める心、ありってか」

「何はともあれ坐れや。それにしても空岳はどうした？」

「あれ、本当、どうしたのかしら。あの子は昔と一緒で、きょろきょろして、落ち着きがないの。途中で何度も遅れてね」

小屋の外では、空岳が今来た道をすかして見ている。

「どうなっているんや、あれら、絶対約束は守るって啖呵を切っていたのに」

と、ぶつぶつぼやいている。小屋の方からすき焼きの良い匂いが漂ってきた。空岳は、

「おっと、いけねえ。あまり待たすわけにはいかねえか。奴さんたちの身の上に、突発的なことが生じたんだろうて。今回はパス。この次に期待か。――諦めたとたんに腹が減ってきた」

小走りで小屋に向かった。

貴子は、空岳が飛び込んできたので、素っ頓狂な声を出し、

「いらっしゃいませ、お早いお着きで」

と、はしゃいでいる。貴子は浩太郎のザックを受け取り、中から銘酒の瓶を取りだした。

それを見た岳之進は、ぎょっとしながらも、

「おお、世界のグランプリ受賞銘酒、ご持参か。なるほどねえ」

貴子が筋肉弛緩剤の使い方で、どういう手法を取るのかと思案していたが、結局平凡な毒酒か、と腹の底ではやや拍子抜けしたが、外見にはおくびにも出さず、おおきに、おおきに、と貴子に礼を言っている。

「久方ぶりの親子団らんでしょう、はずんだわよ。それにしても、こんな小さな瓶が二万円もするって、酒屋に稼がれるわね」

空岳は、

「はらへった、はらへった、はらへったへったはらへった」

と、歌いながら入ってきた。

貴子はみんなの小皿に、生卵を割り落としている。その手つきを凝視している岳之進。貴子は器に視線を落としているから気づかなかったが、凝視している岳之進の目つきは、空中から獲物を探す鷹のような鋭い目つきだった。「どうやら、これは大丈夫だ」岳之進は内心ほっとしている。

浩太郎がクーラーからビールを取りだし、皆に配りだした。岳之進はビールがコップに注がれるのを見届けて、

「何はともあれ、かんぱーい」

と、声を掛けた。空岳は一気に飲み干し「うめえー」と叫び、貴子も一息にコップを空けた。そのとき岳之進は、おっといけねえ、と呟きながら、棚から少量の茶色い液体の入ったコップを取りだした。

「そう、そう。浩太郎君。高血圧症の者はなあ。身体を激しく動かしたあと、アルコールを入れると、急に血圧が上がったり、下がったりするんでな、これを飲んでおきな。安定するから」

「会長、いつもすみません。何かと気に掛けていただいて」

と、言いながら、飲み干した。

「これも軍隊の知恵。医者のいないところでも、立派に生き永らえてきたんだからな」

と、胸を張った。

「それもそうだけれど、お父さんは、お優しい」

岳之進も貴子の口から聞き慣れない、それこそ優しい言葉が出たから少々驚いた。

「浩太郎君には、胃痙攣で介抱してもらうばかりでな。俺の知識も、たまには役立てないと……」

「体験した知恵って、いつまでも消えないのね」

貴子は上品に対応している。何か不気味だ。

空岳は、我関せず、って感じでむしゃむしゃと食べている。シシ肉とキノコ類の香ばしい匂いが食欲をそそっているのだろう。岳之進は野菜や肉の補充に追われている。

貴子も話をしなくなった。食べるのと、飲むのに忙しいのだ。

「まったく、うめえー」

空岳も、飲み食いに専念だ。

岳之進は、空になった野菜用のざるを持ち、壁際の棚に置いている野菜を取りに立ち上がった。が、どうしたことか足下がふらつき、ビール瓶を倒（たお）してしまった。

「か、会長。大丈夫ですか」

「大丈夫。年を取ると、足腰が弱って」

ビールは、床を流れ始めた。おっといけねえ、との声とともに貴子のハンドバッグを持ち上げた。

「やれやれ、セーフ。間一髪でした」

貴子は立ち上がり、上がり框（かまち）に置かれていた雑巾を使って、ビールを拭き取った。

岳之進はまたふらついたが、今度はしっかり立ち上がり、ハンドバッグを貴子に返した。

貴子は岳之進から、ひったくるようにハンドバッグを受け取った。岳之進は野菜を補充するため窓際へ行った。

「また、なめくじか」

と言いながら、白菜の一部をちぎり、何かと一緒に窓の外へ放り投げた。

窓際の棚にある大ざるから、野菜を補充したあと、

「なめくじは、賢い生き物で、外気が寒くなってくると、腐った木の下や白菜の芯に潜り込んで、保温するんだ」

と、解説している。

貴子はビールを立て続けに四、五杯飲んだあと、

「身体って素直ね。おビールいただいたら……」

と、ハンドバッグを片手に手洗いへ向かった。岳之進は、視線を貴子の背中にやり、「大慌てするだろうて」と呟いた。

顔を赤くした空岳は上機嫌で、

「さて、お立ち会い、いよいよ、このお酒を賞味いたしましょうか」

と、四個の湯飲みに注いでいる。その手元を青い顔をした貴子がじっと見つめている。

浩太郎はまず初めに岳之進に渡した。そのあと、湯飲みを両手で挟み、押し頂くようにして匂いをかいだ。さすが、と言いながら湯飲みに口を付けたが、味はいまいちのようだ。

「これが、グランプリの味か。西洋人好みなのかな。俺にはどうもな」

「兄貴、俺もビール党で、日本酒には弱いんだけれど、この味はどうもねえ」

岳之進は、二人の会話を聞いて、どれどれと言いながら口にしている。

「日本人が日本酒の味を忘れて、洋風にしたり甘口にしたりと、メーカーに振り回されて

いるんでな。どれ、俺様が味見をして進ぜよう。うん、うん、二人の言うとおりだな。うーん、グランプリ受賞って聞いていなければ、いまいちってところか」

貴子は、三人の会話を聞いていたが、

「せっかく、大枚はたいて買ってきてあげたのに、なんという言いぐさ。じゃ私がいただくわよ」

と、瓶に直接口をつけ、ラッパ飲みしだした。


自然林の下草の陰に梅乃が、防災頭巾をかぶり、下草刈り用の大鎌を持って潜んでいる。梅乃の呼吸が激しいのは、神経が高ぶっているからだろう。

梅乃は「私や妙子を捨てた浩太郎さんを許すことはできないが、殺し屋にむざむざ撃ち殺されるって、我慢がならないの」と、大鎌を引き寄せた。梅乃は、自分の心を持て余しているのだ。〝自分でも分からないの。殺したいほど憎い浩太郎さんなのに、殺されるとなると助けたくなるって〟と自問自答しているのだ。「でも、あんな男たちには、絶対殺させはしないわ」と呟きながら草かげから古道を見透かした。

山小屋では、浩太郎が猛烈に苦しみだしていた。喉を押さえて小屋の外へ飛び出した。そしてオエッ、オエッと吐き戻し始めた。岳之進は泣き笑いの顔で、タオルを持って小屋の外へ出ていった。

草むらに向かって、浩太郎はエビのように身体を折って吐き戻している。背中をさすっている岳之進だが、岳之進自身も、苦しげにもだえ始めた。

下草の陰で涙を拭っている梅乃の耳に、男の声が入った。

「おい、やばいぞ。もう時刻が、過ぎてしまったがな。でも、逃げるのが精いっぱいだったから」

「おんどれを責めてへん。けどなあ、殺し屋の仁義は絶対約束を守ることや。こうなったら、しゃないけれど。行き先を摑んで、絶対殺らなくっちゃいかん」

梅乃は息を殺して、地面に這いつくばっている。

「カモさん、どこへ飛んでいったんだろう」

「まあしばらく、この道を行こう。おびき出した目的地が、この近くにあるはずやからな」

梅乃は、異常な目つきになり、大鎌を握りしめてあとを付けた。

山小屋の外では、浩太郎が突っ伏し、肩を痙攣させており、回りには吐き出した汚物が
飛び散っている。岳之進が、これまたうつ伏せになって苦しんでいる。

小屋の中では、すき焼きが焦げ付いていて、くすぶっているなか、貴子と空岳が壁にもたれ

て、坐っている。

山道を、泥にまみれた中年の男と背の高い青年が、小走りで急いでいる。茶色いワゴンに乗っていた暴力団員の二人だ。それぞれの肩に猟銃を斜めに背負っている。額には汗がびっしょりで、走るたびにしずくが流れ落ちていた。

「これはやばい。ますます時間がのうなってきた」
「けど、どこへ行けば」
「うるさい。おんどれに言われても、俺も分かるかい！　ぶつぶつ言わんと、黙ってついてこい！」

と言いながら、小太りの身体を丸めて、早足で過ぎ去った。

その後を、梅乃が大鎌を抱えて走っている。

「どうしても怖くて飛び出せなかったの、浩太郎さん、ごめんな」

と、泣きべそをかきながら、つかれたように走っていった。

小屋の中は、囲炉裏（いろり）でくすぶり続ける鍋からの煙で、薄暗くなっていた。壁には、貴子と空岳が眠ったように坐り続けている。小屋の外では、岳之進が完全に横たわって身動きもしない側で、浩太郎が呻いている。

壁では無線機から悲痛な声が聞こえる。

「応答ください、ＷＬＩ。例の男たちは、そちらへ向かった様子。盗難にあった農家の車が、高原熊野神社手前の、雑草地に乗り捨てられていました。ＷＬＩ応答ください。こちらＷＹＦ」

小屋の前では、浩太郎が呻きながら這っている。

暴力団員二人の前に煙の立ち昇っている小屋が視界に入ってきた。

「どうも、あれが目的地らしいな」

背の高い男が、

「兄貴、声がするぞ！」

と叫んだ。男たちの耳に、うめき声と、ラジオのような声が入ってきた。

「猟銃を持った男二人が山へ入った、との情報です。警察が包囲を始めたようです。ＷＬＩ。こちらＷＹＦ。何はともあれ応答願います」

と叫んでいる。

男たちは、ぎょっとしたように、立ち止まった。二人は聞き耳を立てて、様子をさぐっている。梅乃はとっさに身を沈め、ブッシュの陰に隠れた。

「これは、まずいことになったぞ」

小屋からは煙が出ており、声はその中から聞こえてくる。ずんぐり男が背の高い男に、顎で前進を指示し、銃を構え、援護の姿勢をとった。背の高い男は銃を手にし、小屋に近づいている。

若者の視界に、もがいている浩太郎の姿があった。暴力団員は銃を構え、「誰だ、そこにいるのは」と叫んだが、浩太郎がわずかに呻いただけであった。

「おい、どうした」

と、小太りの男が銃を構えながら近づいた。

「兄貴、このおっさん二人、死にかけているで……」

ずんぐりが側へ寄ってきたが、そのとき、小屋から声が聞こえてきた。

「ただいま、警官隊が二班に分かれて、そちらに向かっています。何はともあれ応答されたし、ＷＬＩ。応答ください、ＷＬＩ」

絶叫が繰り返す。

ずんぐり男が「警官隊か。これはやばいぞ」と若い暴力団員に、元来た道の方へ、顎をしゃくった。

梅乃が大木の陰から小屋を覗いている。その視界には、男二人が倒れているのが入った。手前の一人は、こともあろうに大嶺興産の大旦那さんであることが分かった。岳之進は土を掴み痙攣している。

いま一人はうつ伏せになって倒れているが、彼女には、それが浩太郎であることは、すぐに分かった。「ど、どうしたのよう」と驚いたが、目の前に、猟銃を構えた暴力団員が立っているのが分かったから、どうしようもなかった。

銃を持った背の低い男が近づいてきた。梅乃は大鎌を握りしめ、姿勢を低くした。浩太郎がわずかに呻いたが、小太りの男は、ぎょっとしたように立ち止まり「この二人、もう最期やろうなあ」と相棒に語り掛けている。「浩太郎さん、どうしたの」と、梅乃は今にも飛び出したかった。それに、大旦那さんは全然動かないが、もうだめなのやろうか、と不安になった。

梅乃は尻をわずかに振り、今にも飛び出しそうな姿勢になった。そのとき、頭の上で急に男の声がした。

「おい、われ、小屋を覗け」

「分かった」

青年は銃を構えながら扉を開けた。

「おや、中にも人が」

小太りな暴力団員が銃を構えて、援護の体勢を取った。

「二人が寝ている」

棚の上から急に大きな声がした。

「ＷＬＩ、感度ありませんか。ウオッチされていたら、何はともあれ応答ください。ＷＬ

「ＷＬＩ、ＷＬＩ」

絶叫のあと、押し殺した声が聞こえてきた。

「兄貴、この二人は死んでるぞ」

「なんやて、これはますますまずいところへ来てしまった」

そのときである、複数の足音とともに、男の話し声が聞こえてきた。

「警部、この小屋は大嶺興産の管理小屋です」

「えらく、煙っているな」

ぎょっとする小太りの暴力団員は、すぐさま身を沈め、小屋へ飛び込んだ。

紺色の作業服姿の警官たちは、痙攣したようにもだえる浩太郎と、岳之進を発見したが、さっと姿勢を低くし、地面にしゃがみ込んだ。一人は制服姿だった、多分地元交番の巡査だろう。

「ど、どうした」

と、金色の線の入った作業帽をかぶった警部が、倒れている二人に向かって声を掛けたが、二人からは応答がなかった。

防弾楯や拳銃を持った警官五人が、しゃがんだまま周辺を見渡している。胸には防弾チョッキを着込んでいた。制服姿の警官が報告した。

「警部、小屋から煙が出ていますが」

その声に合わせたかのように、山小屋の扉が、ぎい、ときしみ音を立てて閉まった。警官たちは一斉に楯を小屋に向けて、姿勢をなお一層低くして拳銃を身構えた。

警部は顎をしゃくり、後退を指示し、警官たちは一斉にあとずさりを始めた。

木の陰では、尻をもぞもぞさせ、今にも飛び出しそうな姿のまま、成り行きを見ている梅乃の姿があった。「可哀想な浩太郎さん」と涙ぐんでいる。「どうしたのよう、どうか生きながらえていてくださいな」と祈っている。

警部のマイクの声が大きく響いた。

「小屋の中にいる者に告げる！　すぐ出てきなさい。こちらは県警だ。直ちに出てきなさい」

突然のマイクの声に、梅乃はおびえ、しゃがみ込んでしまった。その頬には涙が伝っていた。

「君たちは、猟銃を持っているか。猟銃を持っているならば、そこに置き、手を挙げて出てきなさい。こちらは県警だ」

小屋からは、なんの反応もない。小屋の前では男二人が倒れたままで、時々痙攣のような小さな動きが見られるが、意識はなさそうだ。

警部が後方に向かって、無線を掛ける真似をしている。制服の警官が無線機を取りだし、警部に渡す。

「こちら移動一号。緊急連絡。容疑者発見。現在位置、高原熊野神社三キロ上手にある、大嶺興産管理小屋。容疑者は山小屋に閉じ籠もった。猟銃は持っている模様。相手と連絡は取れていない。ただ小屋の前に、吐き戻し、痙攣している男性二人が倒れており、救急隊員の手配願います。こちら移動一号」

警部が二人の警官に指で、小屋の向こうへ回れと指示する。

二人の警官が、下草の中を移動し始めた。それと同時に、警部たちは銃口を小屋に向け、射撃体勢を取っている。二人の警官の動きを注視していた警部は、警官たちが小屋の向こうに到着したのを待って、ハンドマイクを口に当てた。

「小屋の中にいる者に告ぐ。直ちに手を挙げて出てきなさい」

警察無線が鳴りだした。

「移動一号に告ぐ。救急隊員の手配完了。状況を観察できる位置にありや、否や。あれば報告されたし」

警部、無線機を持ち後退する。

「老人と中年の男性、吐き戻している。時々手足を小さく痙攣させている。小屋の中の状況は、まったく不明」

「了解。支援隊そちらに向かった。以上」

「了解」

梅乃が木の後ろで、ハンドマイクの声に聞き耳を立てている。そして呻くように「浩太郎さん頑張って。死んじゃいやよ」と言いながら、目を浩太郎に注ぎ、頬には涙が流れている。


山小屋の周辺では、防弾用の楯を持った警官たちが包囲している。マイクを持った警部に近づく金モールの帽子をかぶった指揮官。警部は敬礼し、その手で、後退を示す。後退する指揮官と警部。警部は簡単に状況を報告した。指揮官がハンドマイクを持ち小屋に向かって叫んだ。

「君たちは包囲されている。猟銃を置き、手を挙げて出てきなさい。命は保証する」

一瞬静まり、反応を待っている。中から暴力団員の声が返ってきた。

「条件がある。この中に男女二人を人質にしている。条件を呑まないと、銃殺することを前もって言っておく。いいか」

「分かった。条件を聞こう」

「まず警官隊を、我々の視界から遠ざけること。目障りだ。特に、小屋の後ろの茂みに潜む五、六人は、すぐ遠ざけろ」

警官の一人が、超小型デジタルレコーダーを操作している。

「そして、四人以上乗れるヘリコプターと一億円を用意すること。全て一時間以内に行うこと」

「すぐ対応するが、その前に、小屋の前で苦しんでいる二人を救助させてくれないか」

「小屋に近すぎてこちらが危険だ。俺たちの要求を呑み、すぐ行動をすることが先決だ。白浜空港からヘリコプターだったら、十分もあったら来れる」

　小屋からの声は一旦、途切れた。

十五　倒木更新

「倒れている人は痙攣を起こし、危篤状態になっている。手当てを急ぐ」

「お前は馬鹿か。ヘリコプターで医者を運んでくれれば済むことだ。俺たちは交替に引き揚げる。それまでおかしな行動をとれば、この男から処刑する。分かったか」

「中にいる二人の状況はどうか」

「猿ぐつわをかませ、縛り上げている。お前らが俺の要求を素直に呑まないと、いつでも処刑する。分かったか」

「お前たちは、まだ人を殺めていない。このままでは刑が軽い。銃を置いて出てきなさい」

　指揮官が言い終わらないうちに、小屋から銃声が鳴り響いた。木の幹に弾が当たり、食い込んだ。

「うるさい。早く手配しないか。でなかったら、この男を引き摺り出し、皆の前で処刑するぞ！」

小屋から再び銃声がし、弾が近くの地面に当たり土埃が立った。警官たちが一斉に後退をし始めたが、指揮官は手を振り、後退を止めている。そして無線を掛ける仕草をし、それを受けて警部が無線通話を始めた。一方、指揮官はハンドマイクの音量を上げ、怒鳴った。

「分かった。今、手配しているから短気を起こすな」

小屋の中から、絶叫調の声が急に聞こえてきた。

「ＷＬＩ、こちらＷＹＦ。先程来、再三呼び出しています。携帯電話も電源が切れているようです。どうかされましたか。今後、応答なくってもこちらから一方的に情報を送ります。もし、怪我をされているのでしたら安心してください。そちらに向かったヘリコプターに医療班が乗っているそうです。こちらＷＹＦ」

「うるさい無線機だ。外へ放り出したれ」

その声とともに、無線機が小屋の外へ放り出された。無線機は、外でも鳴り続けている。

梅乃は、木の陰から、時々思い出したように痙攣を起こしている浩太郎の方を見ながら、飛び出していこうとしているが、そのとき聞こえてくる銃声一発。付近の木の幹などに当

たる音がした。梅乃は出しかけた足を止め、しゃがみ込んでしまった。しかし梅乃は、体勢を立て直し、

「浩太郎さん頑張ってや」

と言いつつ、這い始めた。

「そこの草むらに潜んでいるポリ公、出てこい！」

と怒鳴り声がした。梅乃はぎょっとし、すくんでしまった。

指揮官周辺の警官たちに緊張が走った。指揮官は側の警官に何事かをささやいている。

「そこの草むらに潜んでいるやつ、さっさと出てこい。出てこなかったらこの男を処刑する。いいか、すぐ出てこい！」

指揮官は手を振って合図をしている。警官たちは途中で止まって様子見をしていたが、拳銃をかまえ直し、匍匐（ほふく）前進を速めている。

「ＷＬＩ、こちらＷＹＦ。そちらへ特殊部隊が大勢向かっております。どうか安心してください」

小屋の前に、もんぺ姿の梅乃が幽霊（ゆうれい）のように現れ、浩太郎の側に寄った。

「兄貴、ポリ公と違うぞ。おばはんや」

「な、なんやて！」

梅乃は夢遊病者のようにふらふらしており、浩太郎の頭の側に倒れ込んだ。

凝視を続ける警官たち。梅乃は起き上がり、浩太郎を抱きかかえて、可哀想に、と言いながら顔を拭いている。

指揮官のマイクの声が響いた。

「そこの人、地面に伏せなさい！　伏せて下がりなさい」

しかし、梅乃は坐ったまま、浩太郎の汚物でよごれた顔を拭いている。

小屋から、指揮官の方に向かって猟銃が撃たれ始めた。警官隊が小屋周辺へ匍匐しながらにじり寄っている。

「そこの女の人、伏せなさい！」

梅乃は引き続き、聞こえていないかのように、浩太郎の顔を拭いている。順次、服などの汚物を拭っている。

「おばあ！　動くな」

梅乃は、なおも聞こえないふりで作業を続けている。

小屋の中からは、男の叫び声が響いた。

「兄貴！　小屋の後ろに警官たちが……」

「なに！　ポリ公」

銃声が響いた。

「ポリ公！　お前ら嘘をついたから、このおばあから処刑する」

その声にもかかわらず、梅乃は平然と浩太郎を抱き続けている。小屋の前では無線機が鳴り続けている。

「WLI、こちらWYF、全周波数サーチしましたが、キャッチできません。そちらからは、電波が出ていないようです。高原熊野神社からも医療班が、入っていくそうです。だから、安心してください」

梅乃が浩太郎の頭を胸の上に抱き上げ、頬ずりをし始めた。

銃声一発、のけぞる梅乃。

その瞬間、警官たちが小屋に突入した。銃声が、数発飛び交った。梅乃は浩太郎の上に、交錯するように、うつ伏せに倒れている。

一瞬の静寂があった。小屋の前に、十数人の警官たちが集まってき、急に激しく動き始めた。小屋の前には、動きを失って倒れている岳之進と、浩太郎と重なりあって倒れている梅乃の姿があった。左腕から血がにじみ出している。

「犯人、全員射殺」

警部の声が警察無線に向かって叫んでいる。梅乃が痙攣か、無意識の動作かは判明できないが、上半身が動いた。その動きを見た警官たちが、梅乃の側に寄り、

「動かしたらいかん。血が出る。止血処置。止血処置」

と、叫んでいる。制服姿の警官が捕縄を持ってきて、梅乃の上腕を止血のために縛った。

しかし、胸部からは血がしたたり落ちている。他の警官が患部を押さえ、圧迫止血を始めた。

海岸方向の尾根を越えて飛んできたヘリコプターが、崖面の方から徐々に高度を下げ小屋に近づいてきた。

指揮官が無線機で何事か絶叫調で交信している。ヘリコプターが小屋の七メートルほど上空でフォバリング態勢を取り、一定高度を保って、乗務員が乗り出してきた。

地上では、警部が「死者四名。負傷者三名」と警察無線で報告している。

ヘリコプターから縄梯子（なわばしご）を使って、医療班が降下してきた。医療班は警部の指示により、生存している岳之進、梅乃、浩太郎の応急手当てに取り掛かった。

負傷者たちは、レスキュー隊員に抱えられて、ヘリコプターに収容された。

しばらくして、高原熊野神社方面からの山道を経て、特殊部隊の応援と鑑識班や医療班が到着した。

鑑識斑は数組に分かれて小屋の中や、小屋周辺の撮影をしたり、計測を始めた。周辺を撮影していた一人が、鑑識班長のところへ来た。

「特殊な小瓶を発見しました。現場の立ち会いをお願いいいたします」

鑑識班長は鑑識員の案内で、崖に面した斜面の中腹に行き、地面を見た。そこには、山奥では通常見掛けない、横文字のラベルの貼られた割れた小瓶が横たわっていた。班長は鑑識員と共に、小屋からの位置の計測や写真撮影をしたあと、ビニール袋へその瓶を収納した。

班長はその瓶を医療班に見せ、横文字の解読を頼んだ。すると、医療班員の表情が急に変わった。その班員は、他の医者を呼び、何事かささやいている。

「これは筋肉弛緩剤です。通常大きな病院にしか置かれていない劇薬です」

「これは用法を誤ると、死亡事故につながりかねない薬品で、こんな山奥に捨てられていたとは、ちょっと理解に苦しみます」

との説明がなされた。

十六　司法解剖

中辺路街道の入り口近くにある、大手病院の救急専用入り口にタクシーが着き、岳夫が降りてきた。小走りで中に駆け込み、救急窓口に向かった。

救急カウンターで岳夫は、叫ぶように「大嶺です」と名乗ったところ、受付の女性が「ご愁傷様で」と応答し、

「それでは、警備員に案内させます。あとで必ずこちらへ寄ってください」

と、付け加えた。

岳夫は警備員に案内されて、霊安室に向かった。その前には二人の警察官が立っており、警備員は「大嶺さんのご遺族です」と断りを言って中へ案内した。

中には、五基の可般式ベッドが、三対二に区分されて部屋の両脇に置かれており、警備員は三体の方へ案内した。

「こちらが大嶺様関係です」

岳夫は白布を開けたが、まず叔父の空岳、次いで母親の貴子、最後に祖父の岳之進であった。最後の岳之進の遺体を見たときに、とうとう感情を抑えきれずに、

「おじいちゃん！」

と口にし、遺体に抱きついてしまった。嗚咽を続けている岳夫の側には、二人の刑事が立っており、岳夫の泣き止むのを見守っている。

一人の刑事が、声を掛けた。

「あとのお二人は一命を取り止め、治療中ですが……」

刑事が来ていることに気づき、少し驚いた岳夫であったが、白布を元に戻し、合掌をした。

「二人？」

訝しげに繰り返した。

「大嶺浩太郎さんと仙崎梅乃さんですが……」

「親父と、それに仙崎梅乃さん？」

「大嶺さんは、解毒剤を注入しているようで……。危篤状態は脱したようです」

もう一方の刑事が、説明を続けた。

「仙崎さんは左上腕部貫通箇所の縫合手術と、胸部にある弾丸の摘出手術をしている最中だそうです」

刑事が続けて、他の二体についても白布を取った。

「念のため、こちらの仏さんに見覚えがないか、会ってやってください」

この男たちは、岳夫には全然面識がなかった。

「いいえ、全然会ったことはありません」

「そうですか。じゃ結構です」

「お悲しみのところ恐縮ですが、三体とも検死のため、司法解剖させていただきたいのですが」

岳夫は、改めて二人の刑事に軽く会釈し、

「致し方ありません」

と、同意した。

「念のため、今一度ご遺体の確認をお願いいたします」

順次白布を開け、いちいち名前を告げながら、間違いがないか念を押した。岳夫は、そのたびに首を縦に振りながら、そうですと確認の返事をした。

「お尋ねしたいことがありますので、付き合っていただけませんか。その間に検視が終わると思いますので……」

「その前に、お父さんに会われますか？　どうされます？」

「今、治療中でしたら、あとで結構です」

二人の刑事は、岳夫の前後を挟むようにして一列に並んで廊下を歩き、会議室へ案内した。

岳夫は会議室の片隅に坐らされ、二人の刑事から矢継ぎ早に、いろいろと聞かれた。その中でも、四人の行動をしつこく聞かれたのには参った。別居しているから分からない、と応えたのだが、それにもかかわらず、最近それぞれに変わった言動がなかったか、と問い直された。どうやら、心中の線を推測しているようだった。聞き取りには、二時間ばかり要した。

「どうも長い間ご協力いただき、ありがとうございました。人数が多いので時間がかかり、申し訳ございませんでした」

記録をとっていた刑事が手を置き、携帯電話を使い始めた。

「そう、そちらも終わっているの。こちらも今、終わったところ。うん、うん、じゃこちらへ届けてくれますか」

と返事して、電話を切った。

「司法解剖の方、もう終わったそうです。身に着けられていた衣類、財布、運転免許証などの品物をこちらへ届けてくれるって」

「ご遺体は、こちらから届けさせていただきますが、おたくも一緒に乗っていかれますか。三体とも、大嶺岳之進様のお宅で良いのですね」

「それで結構です。じゃ、一緒に乗せていただけますか」

若い警官二人が、キャリーにコンテナ三個を積んで入ってきた。三人の所持品である。一人分ずつ区分けされており、品物は個別にビニール袋に入れられている。一人分ずつ明細書が付けられてあり、確認してくれ、とのことだったが、岳夫は細部の確認を省略して、受領者の欄に署名をした。

「これから、ご遺体を清めますので、その間にお父様にお会いになったらいかがですか」

刑事は岳夫に勧めてくれた。

一人の刑事が案内に立ち、警察官二人と他の刑事はコンテナに入っている所持品や衣類などを運び出していた。

刑事は三階のナースステーションに案内し、岳夫を紹介した。

「大嶺様のご家族を案内してきました。よろしくお願いします」

刑事は主任看護師に何かを確認していたが、それも済ませたようだ。

「大嶺さん、私は車の手配などに取り掛かりますので、こちらの面会が終わったら、先程の霊安室に立ち寄ってくれませんか。三体ですから、大型車の準備をしなくてはなりませんので」


集中治療室では、浩太郎がビニールで囲われたベッドの中に寝かされ、酸素吸入装置を付けられていた。看護師が小さな声で、

「まだ、意識は戻られていません。胃や腸の洗浄をし、点滴で解毒剤を投与しています」

と、説明した。岳夫はじっと見つめていると、他の看護師が近づいてきた。

「主治医が説明したいことがあるそうです。どうぞ、こちらにいらしてください」

ナースステーション内にある、カンファレンスルームに案内された。白衣姿の医師が既に待ってくれていた。

「四人とも、キノコによる食中毒でして、この地方の毒キノコを幾種類か食べられています。検死にも立ち会いましたが、胃や腸の内容物にも大量のキノコが見られました。ここへ、ヘリコプターで担ぎ込まれてきたときは、貴子様と空岳様は、既に息を引き取られており、硬直が始まっていました。また、他のお二人も既に毒が体内に回っており、胃や腸

の洗浄を行ったあと、解毒剤を投与したのですが、岳之進様は駄目でした」

医師はカルテを見ながら、岳夫がショックを受けないよう、ゆっくり説明してくれた。

「生存されているお一人、ええと大嶺浩太郎さんは、この方は嘔吐が激しかったのでしょう。胃の中の内容物が、他の方々に比べ極端に少ない状態でした。結果的には毒物が吐き出され、一命を取り止めたものと思われます。しかし、内臓各器官の機能低下が著しく、予断が許されません。この二、三日が山でしょう」

「そ、そんなに悪いんですか」

「消化器や肝臓の機能障害がひどく、危険な状態です。回復の見込みは、今のところ不明です。最善は尽くさせていただきますが、当人の生命力次第の状態です」

「はあ……そうですか」

岳夫は弱々しく頷いた。

岳夫の顔を覗き込みながら、主治医は続けた。

「親族の方の付き添いですが、当院は完全看護体制を取っているのと、この集中治療室では、付き添い看護は認められませんので、当方へお任せ願わなければなりません。その点ご理解をお願いいたします」

説明のあと、看護師と替わり、入院承諾書や経費支払い誓約書などに署名させられた。

「緊急事態に至れば、至急、電話をさせていただきます。それで緊急連絡先を二カ所以上教えていただきたいのです。もし一方が通じなかった場合、他方に連絡しますので……。なお、患者さんの様子を気になさるご家族の場合、当院では各階に談話室がありまして、そちらでお待ちいただいています。しかし、そこは寝具を入れることができませんので、皆さん坐っておられます」

　岳夫は、父が直ちに命を奪われそうではないようなので、治療は医師に任せることにし、何はともあれ、遺体を荼毘（だび）に付すことを優先させた。

　大嶺家では、仏間と客間の間のふすまが取り除かれ、五十人ばかりが集まっていた。仏間では二人の和尚が読経しており、仏壇には岳之進、貴子、空岳の遺影が掲げられている。岳夫が仏壇に向かって焼香し、そのあと回し香炉で参列者が順次焼香を続けている。

　岳夫は参列者に向かって挨拶を始めた。

「このたび、祖父及び母、それに空岳叔父の密葬に際し、ご多用の中参列いただきましたこと、父になり代わり、厚く御礼申し上げます。父はどうやら一命を取り止めましたが、内臓が弱っており、まだ動くことができません。くれぐれも皆様方によろしくとのことでございます」

　参列者たちは、ハンカチで涙を拭いている者やら嗚咽を繰り返している者もある。亮子も里佳を膝の上にして泣いている。

「このたびの不慮の事故も、警察の調べでは、すき焼きに使った毒キノコで食あたりしたとのことでございます。いずれにいたしましても、父が回復次第、社葬として本葬を執り行いますから、その節にはよろしくお願いいたします」

岳夫が挨拶を終えても、嗚咽は続いていた。

事故の二日後に、岳夫は岳之進からの郵便物を受け取ったが、密葬に忙殺されて読む暇がなく、ようやく今朝大型封筒を開封した。消印は近露郵便局となっていた。

「岳夫君、我が家の財産と会社の株式一切を君に譲ります。このことは浩太郎君の了解を得ています。当初、浩太郎君に引き受けてもらいたくて彼に要請したのですが、彼はがんとして断り続け、君に相続するようにと言い張っています。こんな事情ですから浩太郎君には、一切気を遣う必要がありません。

君には負担を掛けるが、事業の継承をお願いする次第です。私を信じてついてきてくれた各社の役員や従業員を路頭に迷わせることはしたくないので、ご苦労な役目とは思いますが、よろしくお願いします」

岳夫は遺言状を目で読んでいるのだが、頭には岳之進の真剣な顔が浮かび上がり、語り掛けている。

「今日の昼飯に、熊野の山で採れたキノコを賞味します。俺自慢のシシ肉のすき焼きを貴子、空岳と一緒に堪能するほどいただきます。浩太郎君には、食前に血圧の調整剤と称して、俺手製の漢方薬である、嘔吐剤を飲ませておきますから、一命は取り止めるでしょう。毒が身体に回る前に不快感をもよおし、外に吐き出してしまうはずです」

岳之進が、微笑んだような気がした。

「俺がキノコ採集の際、毒キノコを誤って採り、皆さんを死に至らしめたのです。山林関係者としては、きわめて不名誉な、とんでもないチョンボをしでかした、ってことになります。過失致死罪の疑いが掛かるかと思いますが、自分もその中に入っていると、単なる過失になろうかと思います」

岳夫は頭がくらくらとしてき、しばらく読むのをやめて、目をつぶった。

「この間、君と一緒に行った一方杉、あれはもう五百年以上の樹齢だと聞きます。既に芯は枯れ、中は腐っています。でも、その外に樹皮が覆い、立派に大木全体を支えています。我が大嶺家も同様で、俺は朽ちていきます。君たちが樹皮となって会社を支えていくのもよし、倒木更新で新しい芽を吹かせるのも結構です。この俺が、新しい芽の栄養になるなら、こんな素晴しいことはありませんから」

岳夫は、視界が曇って読めなくなってしまった。おじいちゃん、と軽く呼んで、嗚咽を始めた。

「おばあちゃんと二人で、子育ての至らなかった点を反省し、俺たち四人はもう一度やり直します。あるがままに迎え入れてくれる熊野です。その御霊（みたま）の暖かい懐に抱えられて、貴子や空岳の心の傷を癒します。あの子たちにとっても、可哀想な一生にさせてしまいました。これも俺の責任です。おこがましいお願いですが、どうか二人を恨まないでください。生死の境を超えて往き来するつもりだったのですが、その垣根が少し高かったようで、くぐり戸から向こうへ行きます」

岳夫は続けて読むことができずに、しばらく仏壇に置かれている三人の写真を、ぼうっと眺めていた。頭の中が空白となってきたのだ。どのくらい時間が経っただろう、ようやく気分が落ち着いてきた。

「この遺言状は、一切他言しないようにお願いします。飛ぶ鳥跡を濁さず、の諺どおり、余計な波風をあとに残したくありませんから……」

岳夫は大きく頷いている。

「なお、我が社の株券はもとより、有価証券類、不動産の権利証などの、名義変更や相続に必要な書類は、俺の寝室の押入れにある金庫にしまっているから、できるだけ早く会社の顧問弁護士に渡してください。金庫のダイヤル番号は、イサムナニナパッパ、一三-六七-二七-八八です」

君をはじめ、亮子ちゃんや里佳の温かいもてなしに感謝して。

岳夫君
十月九日　中辺路町近露にて岳之進」

岳夫が読み終え、涙を手の甲で拭っている後ろ姿に、亮子が声を掛けた。

「弁護士さんがお見えになったわ」

「早速、来てくれたのか。仏間へお通しして」

岳夫は慌てて背広に着替えて、仏間に向かった。弁護士から改めて弔意の挨拶を受けたあと、金庫の中に入れられていた書類ケースを渡した。

弁護士は押し頂くような仕草をした後、岳夫に向かって、

「もし迷惑でなかったら、この場でこれを見せていただいても、ようございますか」

と、断った。

「結構ですが、弔問客が見えるかも分かりませんので、落ち着かないと思いますから、応接室の方でお願いできますか」

応接室では、弁護士が早速ケースを開け、目を通し始めたが、盛んに頷いている。

「ご主人、この場で少々時間をいただけませんか。相談したいことがありますので……。

後ほど声を掛けさせていただきます」

居間に戻った岳夫は、新聞に目を通し始めた。

地方新聞の社会面に「大嶺財閥一族が中毒死？」との三段抜きのタイトルで、岳之進の顔写真を載せて次のように報じている。

田辺市中辺路町高原にある、大嶺興産株式会社が所有する管理小屋で、大嶺財閥総帥大嶺岳之進氏が事業継承者の浩太郎氏、その妻貴子氏、子息空岳氏と共にキノコの毒にあたった。岳之進氏、貴子氏、空岳氏は亡くなり、浩太郎氏は危篤状態である。警察の検分によれば、昼食のすき焼きに、月夜茸、ツル茸、シロクマコテング茸などの猛毒を持ったキノコ類が入っており、中毒したものである、と推測されている。

ただ、警察は過失死と断定したわけではなく、怨恨による他殺の線でも捜査している、とのことだ。

その根拠は、印南町で交通事故検問中に、たまたま銃刀法違反容疑を掛けられた男性二人が、警察の包囲網をかいくぐって、交通事故現場から八十キロも離れた当地まで逃走し、この管理小屋に来ていたことを、かなり重視していた。

その男たちは警官が包囲中に、地元住民仙崎梅乃さんを撃ったため、県警特殊部隊に射殺されてしまった。当事者から事情聴取できないことと、男たちが到達した頃には、既に大嶺財閥関係者は死亡、または瀕死の状態にあったと推測されるので、因果関係を結びつける理由に乏しい、との記事が載せられている。

大嶺財閥は創業者岳之進氏が、復員後、裸一貫から築き上げた、地方コンツェルンであるが、その成長過程には、競合する同業者が多数倒産の憂き目をみており、怨恨による一族殺人の方面からも、十分検討する必要がある、とのことだ。

まだ調査中の段階ではあるものの、その筋の情報として、双方の関連が判明しがたい状況で、どうやら過失死に落ち着きそうである。

記事の最後に、財界人数人のコメントが載せられており、その多くは、岳之進の卓越した先取り感覚を称え、当地方経済界発展のため、惜しい人を亡くした、と哀悼を表明していた。

亮子は応接室へコーヒーを持っていったが、その際弁護士から「ご主人に来ていただけませんか」と声を掛けられた。

岳夫が応接室に入ると、弁護士から株式の名義変更や相続に関するいろんな書類に署名と実印の押捺を求められた。

ナースステーションでは、主任看護師が医師に報告している。

「大嶺さんに指示どおり今朝から流動食を出したのですが、全部食べていました」

「ようやく、内臓機能が働いてきたか」

「それに、記憶も大分戻ってきているようです」

「そうか、そりゃ良かった」

十七　あるがままの姿で

妙子は、ベッドの上でうなされ続けている梅乃の、額や首筋の汗を拭き取っている。梅乃は肺が炎症を起こし、高熱が原因で、絶えずうわごとを言い続けているのだ。今また急に、かなり大きな声でうわごとを言い始めた。

「浩太郎さん、苦しいの？　頑張って、頑張って」

妙子は、それを聞きながら、初老を迎えた母親が、純粋に人を慕う心を持ち続けていることに感銘を受けた。梅乃の心の奥底には、未だに初（うぶ）な恋心を持ち続けていることが分かり、そのような母親が無性にいとおしくさえなってきた。

浩太郎はラジオを聴きながら、仰向けに寝たまま手を上下に動かしている。

「どうやら、運動神経はやられていないようだな」

病室のドアーが、ノックされ、岳夫が入ってきた。浩太郎はベッドに半身を起こした。

「お父さん、もう起きあがれるの？」

浩太郎はラジオを切り、照れたように言った。

「ゆうべからなのだよ、起きあがれるようになったのは。ようやく便所へ一人で行けるようになった」

岳夫は椅子を引き寄せ、ベッドの側に坐った。

「一応、三人の密葬は済ませたから」

「すまんかったな。俺が役に立たず、迷惑を掛けてしまったな」

「要領が分からなかったので、葬儀屋と和尚さん任せ」

「そりゃ無理もない。俺だって分からないもの」

「それで、お父さんが退院してきてから、本葬をする、って説明してるんですが、これで良かったのかなあ」

「それで結構。そうやなあ。俺が意識を失っていたから、お前には、相談する相手さえなかったんだものな……。俺もどうやら回復の兆しが見えてきたから」

「お父さん、早く良くなってくれないと、会社も迷惑やで。何も知らない僕に伺い立てにくるんだもの」

「そうか。多分、大株主の銀行筋から情報が漏れたんだろうな。次期社長がお前だってこと。お前には荷が重いようだけれど、次の株主総会で社長をお前に譲ることで、会長と大株主の銀行筋とで、手はずができていたんだ」

「うん、おじいちゃんに、説得されていたことはいたんよ、すごく強引にね」

「無理もないか。船頭をなくした船は、どちらに向かって進んで良いか分からないんで、各社の役員や部長は大変だろうて」

「確かに」

　岳夫は大きく頷いている。

「そこで、ものは相談やが、株主総会までの間、一応お前を本社の総務部長に発令するんで、皆の相談役になってくれないか。職員人事は社長でできるからな。銀行は円満退社できるようになってるから」

「まあ、こうなったら、しゃあないか。お父さんの代役ってことで、引き受けることにするか」

「実は今日、常務に辞令を持ってくるように頼んでいるんだ」

「ほ、ほんと?」

「辞令は、来月一日付でな。それに、多分今月末で銀行から退社辞令が出されると思うんだ。昨日、支店長さんが見舞いに来てくれ、そういう段取りになったんよ」

「そ、そう。そこまで手はずができてるの?」

「すまんな。きちんとしたことは、そのうちに教えるから、しばらくは辛抱してくれや」

「分かった」

岳夫は意を決したように大きく頷いている。

「それに、もう一つ無理を聞いてくれや。大嶺家の財産と会社の関係やが、半年ほど前に会長から俺に引き継げって言われたんだけれど、俺は実子ではないだろう。そのことで、お前も知ってのとおり、ちょっとごたついたので、お前に引き継ぐように、って会長に頼んだ経緯（いきさつ）があるんだ」

「うん、そのこともおじいちゃんから聞いた。でもそれは、お父さんがいるのに、どうかな」

「いや、それもすまないついでに、引き受けてくれないか。俺からも頼む」

「まあなあ、名前を使うってだけのことだから、まあいいけれど」

「相続税だとか、不動産取得税など必要経費は、責任を持つから、お前の名前で引き継いでくれや」

「でも、お父さんまで会社から手を引くっては、言わないだろうね。それだったら、僕責任持てないよ」

「勿論、お前が慣れるまでは会長を務めるから。それで手を打ってくれや。なあ岳夫」

「なんや、おかしな気分。おじいちゃんとお父さんに仕組まれてる感じ」

「頼む……」

浩太郎は、岳夫に深々と頭を下げている。

「分かりました。――大事なことを言い忘れていた。お父さん、茶店の女将さんがね、親父さんを暴力団から守るのに、決死の覚悟だったようなんだ。娘さんに書き置きを残して、家を出たらしいの」

その言葉を聞いた浩太郎は目を見開き、起きあがってきた。岳夫は背中にバスタオルを当てがって、楽な姿勢に坐らせた。

「女将さんが？　それ、どういうこと？」

「暴力団が、お父さん射殺の下見に来たとき、梅乃さんが木陰で聞いたんだって」

「う、梅乃？　その人、仙崎梅乃さん？」

「仙崎さんは当日まで、私たち親子を見放した、天罰だって思っていたんだって。でも、その日の朝になって、お父さんを助けるため、大きな下草刈り鎌を持って出掛けたそうなの。仔細を書き残して」

「ええ！　私たちを見放したって？　それってなんのこと？　――梅乃さんが？　あの梅乃ちゃんかな？」

「さあー」

首をかしげる岳夫。

「それにしても、なんと無茶な！　うーん、梅乃ちゃん……民宿の……」

「管理小屋の前で、中毒で苦しんでいるお父さんに巡り合わせ、介抱しているとき、暴力団に撃たれたんだって」

「そ、それ本当か！」

「弾が左腕を突き抜け、そのあと肺に入り込んでね。肺の方は弾丸を摘出できたものの、炎症を起こしているんだって。熱が高いのと、肺が十分働かないので酸素吸入を断続的に続けているようなんだ」

「そ、そうか。遺書を書いてまでも……」

と言って、浩太郎は絶句してしまった。

「そうなんよ。そしてね、梅乃さんの娘さんから、こんなもの預かったの」

岳夫は背広のポケットから手紙を取りだした。手を伸ばし、封筒を受け取った浩太郎は、手紙を封筒から取りだそうとするが、手が震えて取りだせないでいる。岳夫が取りだして、浩太郎に手渡した。

浩太郎は手紙に目を走らせていたが、顔がゆがみ大粒の涙が落ち始めた。

「すまんかった。ほんに、すまんかった。そのあと東京駐在に行ってしまって……。知らなかったとはいえ」

岳夫は、そっと病室を出ていった。

　岳夫は看護師が行き交う廊下を、ゆっくり病室の名札を確認しながら歩いている。廊下を曲がったところで仙崎梅乃の名札を見つけた。岳夫は病室の前にたたずみ、入るのを躊躇している。しばらくして、姿勢を正し、思い切ったようにノックをした。

　扉が開けられ、妙子が顔を出したのへ、岳夫は手招きをした。妙子は出てきて後ろ手で扉を閉めた。

「お母さんの具合はどう？」

「うん、ちょっと心配なの。まだ意識がなくてね……。そちらはどう？」

「ようやく食事ができるようになってきたの。先程ベッドに体を起こしてね」

「良かった。本当に良かった」

「便所へも一人で行けるようになったって」

「そう、うちはまだ熱が続いて、うわごとばかり言ってるわ。で、母には書き置きを見せたこと、まだ言う機会がないの」

「あの手紙、今日初めて親父に渡した」

　妙子は目に涙を浮かべて頷いている。

「多分、今読んでいるところだろうな」

　岳夫は妙子の顔をじっと見つめて、

「あなたが、僕のお姉さん？」

見つめ返す妙子の目から涙が流れ落ちた。岳夫はハンカチを取りだし手渡した。妙子は涙を拭き、改めて岳夫の顔を見つめた。

浩太郎は梅乃の書き置きを幾度となく読み返している。そのたびにタオルで涙を拭い、大きなため息をついている。

梅乃がベッドの上で、怪我をしていない右手を大きく振り上げて、何かにしがみつくようにもがきだした。

「待って、待って。浩太郎さんたら待って」

側にいた妙子が、酸素マスクをずらした。梅乃はかなりはっきりとした声で、

「浩太郎さん、待って。私を放って行かないで、待って、待って」

と呻いている。妙子と岳夫は、顔を見合わせた。

岳夫はそっと扉を開け、中を覗いている。岳夫の目に、ベッドの上で浩太郎がバスタオルを頭からかぶり呻いている姿が目に入った。

「すまんかった。すまんかった。赤ちゃんが、できていたのか」

岳夫はそっと扉を閉めて、立ち去った。

岳夫は、父が妙子の生まれていたことを、真実知らなかったのだろう、と信じた。父浩太郎のあの姿は、演技などできるものじゃない。知らなかったからこそ、祖父岳之進が浩太郎を母貴子の婿養子に、と声を掛けたとき、了承できたに違いない。

浩太郎は、ベッドに起きあがって坐っている。手には先程来から手紙を握ったままだ。目を閉じ、呟いた。

「テテナシゴ、父無し子ってか。子供にも親にも苦労を掛けたな。知らぬこととはいえ」

目尻には涙が浮かんでいる。

突然、扉が開き岳夫が首を出した。

「お父さん良いニュースだよ……。女将さんが意識を回復しましたよ！」

「ほんとか！　良かった。良かった」

浩太郎は身を乗り出している。

「それに、いい人を連れてきたよ」

「ええ？」

岳夫の後ろから妙子が入ってきた。浩太郎は慌ててタオルで顔を拭いた。

「僕のお姉さん」

浩太郎はタオルの中から「お姉さん？」と繰り返している。

妙子はおずおずと前に出た。

「妙子です。初めまして」

「お父さん。この人が妙子さん」

「母と岳夫さんから、一部始終聞かせていただきました」

「た、妙子！」

岳夫は再び静かに部屋を出ていった。


大嶺岳之進の家では、玄関の車寄せに運送会社のトラックが二台つけられており、配送員数名が、荷物を運んでいる。

家の中では身重の亮子が、家財道具の配置を指示している。岳夫が里佳の手を引いて隠居部屋から出てきた。岳之進の部屋に浩太郎の荷物を入れ、母屋へ岳夫の家族が引っ越してきたのだ。

運送屋の責任者に向かって岳夫は、

「事情が事情だったので、急(せ)かしてすまなかったな。おかげで、早く引っ越しできて助かったよ」

と、礼を言っており、安江が応接にジュースと茶菓子を置き、亮子と共に配送員たちに勧めている。

配送員が帰ったあと、亮子はお腹の膨らんできた身体を折って、安江に向かって、

「安江さん、ばたばたさせてごめんね。それに、引き続き、この家に居（お）っていただきたいのですが……。よろしくお願いいたします」

と、頭を下げている。安江が恐縮しきって、こちらこそと、頭を深々と下げた。安江は、早速掃除機を持って部屋を出ていき、廊下に落ちている引っ越し作業の埃やゴミを掃除し始めた。

亮子は仏壇に坐り線香を立てて、岳夫と里佳を呼んだ。

「おじいちゃんに、改めてご挨拶をしましょうね」

岳夫は鉦を叩き、合掌しながら、頭を下げた。亮子と里佳も連れて頭を下げた。

「今日から、こちらで住まわせていただきます。どうかよろしく見守ってください」

岳夫は、傍系各社の役員や部長からの相談に、聞き取る内容が具体的には、ほとんど分からないままではあるが、本社を統括する総務部長として対応し始めた。形式的には、銀行から出向している常務取締役が決裁をしているが、実態は常務が決裁する前に、岳夫の元に足を運び、事前協議をしているのだ。

岳夫は銀行融資課長として、多くの企業を診断してきた経験から、大筋のみ判断して、細部は各社の役員や担当部長に任した。

常務は笑顔で言った。

「それで良いのです、指針をいただけたら、大助かりなんです。細部は各社の役員が最善を尽くしてくれますから……」

岳夫は三日に一度、和歌山市から浩太郎社長の元に足を運び、経過報告と方針を確認している。浩太郎も、正式な出社はまだ先になるが、どうやら社葬を行える程度の体力が回復してきた。

社葬の参列者は、葬儀会社の経験的見通しから、関連企業を含めて五百名はくだらないだろうとの意見だった。そのため会社の大会議室や、セレモニーホールでは狭いため、文化会館の中ホールを借りることにした。

葬儀委員長は、商工会議所の会頭が務めてくれた。喪主浩太郎は、まだ体力が回復していないため、控え室に簡易ベッドをしつらえて、式次第のうち、喪主が務めなければならない部分のみ参列した。浩太郎が乗る車椅子の操作は、亮子と安江が行い、財界や政治家など主だった参列者の応接は、岳夫はじめ各社の役員と常務が対応した。

　ホールの定員は七百人だったが、それでも入りきれずロビーへ、テレビ中継する羽目になった。改めて岳之進の人脈の広さが分かった式典だった。

「荷物の整理がようやく済んだので、これでお父様が退院されても、お迎えできるわね、社長候補様」

　腹の膨らみが目立ってきた亮子。

「よろしくたのんます、亮子。でも、親父は帰ってこないかも……。会長は務めてくれるけれどね」

「そ、それって、どういう意味」

「それは内証。そのうち説明するから。いずれにせよ、おじいちゃんの部屋は親父専用に空けておくけどね。多分、親父は週の内二日だけ、こちらで泊まることになりそうなんだ」

「と、言うと？」

　怪訝な顔つきの亮子。

「毎週月曜日に、重要事項の協議やスケジュールの打ち合わせのため、全役員出席して部長会議を行うことにしたんだ。火曜日は各社から、それぞれの会社ごとに、前週の報告と今週の予定を聞き、問題点の検討を行うことにしてね。勿論、このことは今の段階では、僕個人の考えだけれど、親父も賛成してくれているんだ」

「早速、社長方針ですか」

「いずれ正式に役員会議で決めるが……。その月曜、火曜日には、親父も会長として必ず出席する、ってことになるんだ」

「それ以外の日は？」

「それは極秘……」

「で、お父様が、こちらで泊まられるのは日曜日と月曜の晩だけですか」

「多分、そうだろうな。本人は僕に遠慮して言いそびれているけれど……」

言い淀んだ岳夫に、亮子は再びいぶかしげな視線を送った。

「ま、ともかく親父は会長職を行う日だけ、本社に勤務するってこと。それ以外は、林業部の現地責任者。プレカット工場の経営と山林管理の統括責任者」

「会長さんが、なんでそんなことを？」

「それが親父のたっての希望。理由はうすうす分かるけれど、確認はできていない。まあ、いずれ分かるだろうけれど」

「そう、じゃ、それまでは知らないことにしておきましょうか、社長候補様」

酸素吸入中の梅乃のベッドへ、移動レントゲン装置が押されてきた。看護師が酸素マスクを外し、X線技士が梅乃の体位を調整している。最近のレントゲン撮影装置の精度が高まり、患者がベッドに寝たまま、撮影することができるのだ。

撮影が終わったあと、血圧測定など毎日実施している定時チェックが行われた。看護師は妙子に向かって、

「近々、医長回診が行われるので、そのときに主治医か医長の方から、今後の治療についての説明がされると思います」

と、酸素マスクを元通りに装着し、点滴液を補充して出ていった。

梅乃は酸素吸入する時間帯が徐々に減り、また、食事も五分粥を食べることが許されていた。ただ、全ての栄養を口から摂れないから、まだ点滴に頼っていた。

梅乃は恨めしげに点滴装置を眺めている。その表情を見て、妙子は、母を励ました。

「おかはん、もうすぐこんなもの、外してくれるで……。夕ご飯から全粥に昇格するんやて。胃や腸の働きは、ほとんど元どおりになってきたって」

ノックがされ、大勢の医師たちが入ってきた。

医長回診である。外科医長が若い医師たちの処方についてチェックするのだ。医長はカルテを見、腕と胸の手術跡を確認しながら、

「仙崎さん、もう心配いらんで。肺のフィルムも綺麗になってきたし、傷口も綺麗に癒えてきたんでな。さあ、今から完全に自力呼吸開始としましょうか」

と説明をし、酸素吸入装置を取り外した。主治医は医長と何やら相談していたが、随行の看護師に、点滴が終わり次第取り外すように指示した。

「さあ、この液が入れ終わったら、点滴もやめましょうか。これからは、急にお腹が空き始めるからな」

看護師も笑顔で補足説明をしている。

「点滴している間は、身体が口からの栄養求めないんで、お腹がすかないいんだけれど。今晩から、ご飯が待ち遠しくなってきますよ」


妙子はあとに残って、カルテに記入している主治医に向かって頭を下げた。

「ありがとうございます。こんなに早く治していただいて」

「炎症が長引けば、ちょっとやばかったかもしれないが、身体のつくりがしっかりしているんだな、思ったより早く良くなった」

主治医は随行の看護師に語り掛けているが、梅乃は何度も二人に頭を下げている。

「おかはん、良かったなあ」

「妙子、長い間の世話、本当にありがとう」

妙子は、「なーんにも」と言いながらベッド回りを整えている。

ノックがされ、妙子が「どうぞ」とドアーを開けたが、そこには岳夫が立っていた。

「あ、大嶺の若旦那さん」

梅乃がショックを受けたように目を見開いて、じっと岳夫を見つめている。

「この人が、浩太郎さんの息子さん？」

今まで食事の客として、遠目には何度か会っているが、会話をするのは初めてだった。

「どうも、このたびは……」

「お母はんには、言わなんだけれど、何度も見舞いに来てくれてね。うちの弟やて」

梅乃は声にならず、「ええ？」と短かく声を出し、目は見開いたままである。しばらく沈黙が続いたが、妙子が気を利かせて、梅乃に声を掛けた。

「お父様も、近く退院できるんですって」

「そうなの。浩太郎さんもね」

「その節には、大層ご迷惑をおかけしましたが、父もどうやら元気になってきまして」

「大旦那さんは？」

梅乃の問いかけに、妙子は首を横に振った。梅乃の頬に涙が伝い、

「そう、そうなの。でも浩太郎さんが無事でなにより……」

と言って、急に気づいたように声を小さくし、顔を真っ赤にした。岳夫はそれを見ると、

「じゃ、また寄せていただきますので」

と言葉を掛け、すぐ部屋を出た。

高原熊野神社の境内では、浩太郎と梅乃が並んで神殿に手を合わせている。その後ろから、妙子の家族三人と岳夫の家族三人も礼拝していた。

「うちら、お食事の段取りをしたいから先に帰るわよ。岳夫さん、二人をよろしく頼んでおくからね。」

妙子の家族と、亮子の親子は境内を出ていった。

礼拝を終わった浩太郎と梅乃は、参道を下り、元大嶺興産管理小屋のあった場所へ出た。

事件の後、浩太郎と岳夫は忌まわしい山小屋を撤去することに決め、管理人の政男さんに撤去してもらっていた。その跡に何も書かれていない碑が四本建てられていた。碑といっても、台座こそきちんとしつらえているが、碑そのものは、自然石をそのまま立てているだけだった。

岳之進が、我が子の再教育は、熊野の懐で多恵婆さんと二人でやり直したいと切望していたことから、付近の山から自然石を掘り起こし、並べて建立したのだった。

その碑の前で、浩太郎と岳夫が熊野の霊峰に遥拝し続けている。

浩太郎は、合掌した後、岳夫に向かって呟いた。

「あの世では、四人が仲良く暮らしてくれているかなあ」

岳夫は相槌を打つというより、自分に言い聞かせるように独りごちた。

「多分。あるがままの姿で……」

浩太郎の目尻には、涙がにじんでいる。

何事かを呟く浩太郎の側に、梅乃が寄り添い、ハンカチを手渡した。

熊野本宮大社の方角を遠望すれば、今日も遠くに熊野の山々が、霧に浮かんだように続いている。

沈む夕日に映えて、その霧がじゅうたんを敷き詰めたように広がっている。

じゅうたんに鎮座する熊野の神々様、どうかこの二人を見守ってあげてください、と祈りながら、岳夫はずっと霧を見続けている。

傷ついた者同士が、あるがままの姿で慈しみ合い、助け合っていくのを、守ってあげてほしいのだ。

「岳夫、もう帰ろうか」

浩太郎の声が掛からなかったら、岳夫はいつまでも、霧のじゅうたんを見続けていただろう。

岳之進が逝って、早一年になる。浩太郎も梅乃もようやく通常の生活に戻った。浩太郎は内臓障害の後遺症が残り、痩せてしまったが、会社へは毎週出てき、岳夫に大嶺興産総帥としての帝王学をしこみ、今は会社運営のほとんどを岳夫に任せている。

一周忌の法事を終えたのを機会に、浩太郎は正式に梅乃と暮らすことにした。ただ、今までの事情から挙式という形態ではなく、二人だけで、熊野の御霊に報告をする形を取った。それが熊野高原神社での、二人の礼拝だったのだ。

「とがのき茶屋」の囲炉裏では、岳夫の家族三人と、妙子の家族三人が向かい合わせに坐り、上座に浩太郎と梅乃が並んでいるという、きわめて簡素な、親族固めの式だった。


「とがのき茶屋」の庭の片隅に、コンテナを台にして、大きなまな板が置かれている。浩太郎が袖なしを羽織り、ウナギをさばいている。ジャンパー姿の岳夫も手伝っている。ウナギを掴み損ねたり、キリを打ち損ねたりの、てんやわんやを繰り返している。梅乃が調理場から出てきて、

「いつまで待ったら下ごしらえができるの。どれどれ」

と、浩太郎が持っている包丁を受け取り、手際よくウナギを腹開きにさばいた。

手つきに見とれている、浩太郎と岳夫に、里佳を抱いた亮子が近づき、

「里佳ちゃん、おじいちゃんとお父さんもう少し練習してもらわなくてはね……」

と、小さな声でささやいている。


熊野の谷間を白い乗用車が走っていた。岳夫が運転し、後部座席のベビーチェアに里佳

を乗せ、助手席には亮子が坐っている。

「関連会社の経営って、結構、気を使うもんだね。各会社の役員たちの立場も考えてあげなくちゃならず……」

「ご苦労様です。でも、あなたなら大丈夫」

「親父も、あと十年は頑張れる年だけれど」

「でもさ、お父さんの今までって、仕事、仕事ばかりだったでしょう。本当の、お父さんの人生って、これからなのよ、分かってあげて」

父親が、過去の災いや怨念を捨て、熊野の懐で心を癒し蘇らせ、あるがままの姿で人生のやり直しをする姿を、岳夫は温かく見守ることにした。


（了）

著者プロフィール
那須 正治（なす まさはる）
和歌山県田辺市出身。
慶應義塾大学法学部卒業。国立和歌山大学経済学部修士課程修了。
和歌山県職員、団体役員を経て、現在は野菜農業に従事。
世界遺産「紀伊山地の霊場と参詣道」の解説を担当する「紀州語り部」として活動。
著書：『僕はガンに勝った　ガン告知を受けてから』（2003年　健友館）、『認知症が治った』（2021年　文芸社）

怨念を霊場・熊野に捨てて

2023年９月15日　初版第１刷発行

著　者　那須 正治
発行者　瓜谷 綱延
発行所　株式会社文芸社
〒160-0022 東京都新宿区新宿1－10－1
電話 03-5369-3060（代表）
03-5369-2299（販売）

印刷所　株式会社フクイン

ISBN978-4-286-24389-4